MAX VALREY

LES

CONFIDENCES

D'UNE PURITAINE

PARIS

LIBRAIRIE DE L. HACHETTE ET Cᵉ

1865

LES

CONFIDENCES

D'UNE PURITAINE

LES

CONFIDENCES

D'UNE PURITAINE

PAR

MAX VALREY

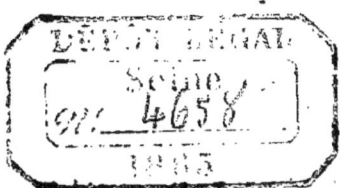

———— ◆ ————

PARIS

LIBRAIRIE DE L. HACHETTE ET Cie

BOULEVARD SAINT-GERMAIN, N° 77

——

1865

Droit de traduction réservé

LES
CONFIDENCES
D'UNE PURITAINE.

ENVOI.

CLARISSE LE BERQUET A LOUISE B....

« Votre dernière lettre met fin à mes hésitations, ma chère Louise; toute souffrance
d'amour-propre, tout scrupule de conscience
même, doit être compté pour peu devant le
danger que vous courez. Vous me connaîtrez
bientôt telle que je suis; vous saurez ma vie
entière. Bien des fois, pendant notre intimité
de six mois, j'ai craint de découvrir chez vous
de vagues ressemblances avec ma propre
nature, et la pensée de vous éclairer par une

1

confession sincère, de vous guérir, peut-être,
s'est présentée à mon esprit. Mais vous portiez encore le deuil de votre père, de l'ami, de
l'initiateur, à qui vous devez un développement intellectuel bien rare chez les femmes.
L'homme sur lequel, après une telle perte,
vos affections s'étaient reportées, venait (dominé
par des appétits d'argent et de vanité) de vous
abandonner pour une héritière vulgaire. Votre
horreur des distractions et des coutumes mondaines, votre mépris pour l'humanité entière,
trouvaient leur excuse dans de si cruelles épreuves. Bien qu'on pût distinguer plus d'amertume
que de tristesse réelle dans les jugements que
vous portiez sur les hommes et sur les choses,
je m'efforçais de voir en vous une âme blessée
par des déceptions précoces, plutôt qu'une de
mes sœurs en égoïsme et en orgueil.

Trois ans se sont écoulés depuis cette époque,
trois ans pendant lesquels votre conduite a
justifié de point en point mes appréhensions.
Pardonnez à mon amitié, à mon âge (j'ai bien
des années de plus que vous) cette rude franchise.

Une sœur de votre père, une femme d'un

cœur affectueux et bon, vous suppliait de venir
partager, avec ses deux fils et ses trois filles,
une charmante retraite à Montmorency; elle
voulait vous servir de mère. Vous l'avez désolée
par un refus, et, à vingt et un ans, malgré vos
parents et vos amis, vous vous êtes installée au
milieu de Paris, sous la douteuse protection
d'une vieille gouvernante. « En fait de conversation, le nombre fait loi, m'écriviez-vous;
me voyez-vous courbée sous le niveau intellectuel de mes charmantes cousines ? » Des
études tronquées, incomplètes, telles qu'une
femme solitaire, quelque vaillante qu'elle soit,
en peut faire, un rare échange de lettres avec
d'illustres amis de votre père, occupent unique-
ment votre existence depuis lors, et, au lieu de
crier grâce et merci, au lieu de verser des
larmes de découragement, vous vous applau-
dissez plus hautement chaque jour de votre
détermination.

Certes, il y a quelque grandeur dans cette
incessante ascension vers les cimes intellectuelles, dans ce volontaire renoncement aux
joies du cœur. Croyez-moi, cependant; croyez-
en une martyre de l'orgueil, à cette grandeur-

là sont fatalement associées les plus effroyables
misères morales, les plus honteuses défail-
lances. Quelques hommes, peut-être, échappent
à cette loi; elle est inexorable pour nous autres
femmes. Dédaignée comme une atteinte à notre
force, comme un amoindrissement de notre
personnalité, lorsqu'elle s'offrait avec ses dé-
pendances et ses faiblesses, mais avec ses gran-
deurs aussi, la passion fond sur nous, implacable et furieuse, à l'heure où elle ne peut plus
nous apporter que ridicule et désespoir.

Combien de fois, avant ma complète régénération morale, avant que mon impulsion dés-
ordonnée vers un seul être se fût lentement
transformée en une profonde sympathie pour
tous, combien de fois j'ai vu mes fiévreuses
insomnies tourmentées par une vision bizarre!
Je m'apparaissais en ces instants, à moi-même,
sous la forme d'un papillon nocturne, d'une de
ces phalènes mal vêtues de couleurs sombres,
lourdes, gauches, difformes, dont toutes les
heures du jour s'écoulent dans la contemplation de leurs propres pensées, au fond d'une
prison obscure et froide. Quels dédains pour le
soleil, pour les frivoles ébats de mes frères du-

grand jour! Une lueur, le rayon d'une modeste lampe, arrivait enfin jusqu'à mes yeux, et soudain, avec un effarement indicible, honteuse et frénétique à la fois, je me précipitais vers la flamme; je m'y plongeais, je m'y brûlais cruellement, je m'en éloignais, folle de douleur, pour m'y rejeter aussitôt à corps perdu. « C'est donc là leur soleil, ce sont donc là leurs joies, à ces superbes enfants de la lumière? » me répétais-je pleine de mépris et de fureur, lorsque je me retrouvais meurtrie, agonisante dans ma solitude et mes ténèbres. Non, je ne savais rien encore de leurs vertiges; les pâles lueurs d'une lampe pouvaient-elles me donner l'idée des éblouissements, des ardeurs de midi? De monstrueuses suppositions, des hallucinations inouïes bouleversaient mon cerveau.

Vous ne pouvez pas deviner, Louise, quels désordres, quels délires sinistres accompagnent la passion tardive, dans une âme, dans une existence que rien n'y a préparées. Certains passages de votre dernière lettre ont réveillé en moi des souvenirs qui, en ce moment encore, empourprent mon front de honte.

Obligée, pour des affaires de famille, d'aller

passer quelques jours chez votre tante, à Montmorency, vous m'écrivez : « L'étonnement que
provoquent ici ma personne et mes idées, me
cause d'étranges mouvements de satisfaction
intime. Quel contraste entre ma toilette négligée, mes traits pâles, fatigués par la médita-
tion, par l'étude, par les veilles, et les roses
visages, les parures soignées des trois cousines
qui tourbillonnent autour de moi, aussi fraîches, aussi joyeuses de vivre, mais aussi peu
préoccupées de questions sérieuses que les volubilis de leur parterre ! »

J'ai connu ces satisfactions-là. Vous n'avez
que vingt-trois ans, ma chère Louise ; quelque
recherche d'élégance dans votre toilette, le
reflet de sentiments bienveillants et affectueux,
sur vos traits et dans vos regards, peuvent vous
faire, quand vous le voudrez, sinon belle, du
moins charmante et sympathique. Mais, dans
dix ans d'ici, lorsque les volubilis se seront
transformés en belles et puissantes fleurs, lorsque ces rieuses cousines d'aujourd'hui vous
apparaîtront ennoblies par l'amour, par la ma-
ternité, par tous les dévouements, par toutes
les joies, contentes d'elles-mêmes, fières de

leurs maris, orgueilleuses de leurs enfants, tandis qu'au même moment vous sentirez peser sur vous, sur votre corps et sur votre âme, l'irrémédiable empreinte de l'isolement, de l'égoïsme et de la stérilité; dans dix ans d'ici, la vue des roses visages que vous raillez éveillera fatalement en vous, sachez-le, d'indicibles tristesses, des colères impuissantes, des haines hideuses peut-être?

Je vous en conjure, ma chère Louise, mettez de côté toute mauvaise honte, revenez sur vos pas; il en est temps encore. Si j'en doutais, me confesserais-je à vous? Vous confierais-je des secrets qui ne m'appartiennent pas en entier? Vous livrerais-je des êtres que la mort (une mort à laquelle j'ai peut-être eu quelque part) me rend sacrés?

Ce que je vous envoie n'est nullement une histoire suivie; ce sont des notes, des impressions, des souvenirs fixés au jour le jour. Les acteurs de ce drame intime apparaissent, se rencontrent, se heurtent dans ces pages avec le décousu de la vie réelle. Vous n'en verrez que mieux les rudes écailles de l'orgueil tomber l'une après l'autre de mes yeux; vous me suivrez dans la voie douloureuse où tant de chocs m'ont meurtrie ; vous apprendrez par quels égarements, par quelles fautes, par quelles hontes, a dû passer *Clarisse la Puritaine.*

« Blaville, près Saint-Valéry-en-Caux, »

I

Blaville, 11 juillet 18....

« Mme de Breuille est belle encore, dit Ambroise Sivignac, dès que nous fûmes arrivés, lui, mon cousin Hector et moi, sur la plage de Veules, un de ces mille abris verdoyants qu'offrent aux baigneurs les falaises normandes.

— Vous la connaissez donc? » m'écriai-je avec surprise, car Mme de Breuille m'avait paru recevoir en étranger M. Sivignac.

Ambroise me répondit brièvement :

« J'ai quelquefois rencontré Mme de Breuille dans le monde.

— Beauté de quarante-huit printemps! dit mon cousin Hector avec ironie.

— Raison de plus pour accorder toute notre

admiration à Mme de Breuille, répliqua Ambroise.

— Je ne vois pas trop clairement pourquoi ? reprit Hector en ricanant.

— Croyez-vous donc, mon cher ami, que la beauté se fait et surtout se conserve toute seule ? qu'elle descend et demeure en nous par un miracle de la grâce ? Si, malgré les quarante-huit printemps que vous lui reprochez, Mme de Breuille est belle encore, c'est qu'elle l'a mérité. Où prendrait-elle le charme de son regard, si ce n'est dans le désir d'être agréable à tous ceux qui l'approchent ; la grâce sympathique de son sourire, si son cœur ignorait la bonté ; l'élégance de ses gestes, la noblesse de ses manières, si les merveilles de l'art la laissaient insensible ? La beauté n'est jamais un don gratuit, ni même un résultat de la volonté et de l'art ; c'est, soyez-en certain, moins une qualité qu'une vertu. »

M. Sivignac parlait très-sérieusement et, ce qui me surprend aujourd'hui bien davantage encore, c'est qu'en l'entendant parler, en contemplant sa belle et noble physionomie, j'étais moi-même tentée de prendre au sérieux son étrange paradoxe.

Il se fit un silence.

« Quel singulier mariage que celui de
Mme de Breuille avec ce stupide Eugène Nantier ! repris-je après quelques instants.

— Qu'en savons-nous ? » dit Ambroise.

Il n'y avait, dans l'accent de M. Sivignac,
ni dureté ni blâme ; cependant je me sentis
rougir et je me repentis amèrement d'avoir
laissé échapper des paroles que j'avais ré-
pétées mille fois auparavant, sans songer à les
regretter.

Arrivés devant les dix ou douze cabanes
dont se compose à Veules l'établissement des
bains, nous nous assîmes sur l'une de ces
longues planches qui facilitent le trajet, si rude
aux pieds nus, des cabanes à la mer. L'eau,
très-basse en ce moment, laissait à sec une
énorme étendue de sable. Des familles de baigneurs étaient éparses sur la plage ; à l'extrême
limite des galets, les bonnes d'enfant et les
marmots récoltaient des coquillages. Beaucoup
plus loin, autour de gros rochers revêtus de
goëmons bruns et verts, les vieilles femmes et
les enfants du pays faisaient la chasse aux
crabes et aux crevettes.

Nous étions là depuis quelques minutes à peine, quand une jeune fille, cachée jusqu'alors par les rochers, traversa en courant la plaine de sable et se dirigea vers nous, un panier à la main. A son jupon rayé de rouge et de noir, à son justaucorps bleu clair, je reconnus la Sylvie, appelée, par quelques-uns, la *belle Sylvie*, bien que ses cheveux blonds toujours au vent, sa peau bronzée et ses grands yeux d'un noir de jais lui donnent un aspect plus sauvage que gracieux ; mais les hommes aiment ces figures bizarres...

La Sylvie s'arrêta devant Ambroise, et lui présenta son panier en attachant sur lui des regards demi-effrontés, demi-niais.

« Vous ne m'achetez donc plus mes crabes à présent ? dit-elle d'une petite voix flûtée, en inclinant la tête comme un enfant boudeur.

— J'habite trop loin, ma pauvre petite, » lui répondit Ambroise, et il lui glissa une pièce blanche dans la main.

La Sylvie prit un air de fierté offensée :

« Je ne veux pas de votre argent, s'écria-t-elle, si vous ne voulez pas de mes crabes. »

La pièce d'argent alla rouler sur les galets.

« Mais voyez donc comme ils sont beaux ! » reprit-elle bientôt de sa voix caressante.

Et saisissant un gros crabe parmi ceux qui s'agitaient au fond de son panier :

« Un œuf n'est pas plus plein ! » ajouta-t-elle en mettant sa marchandise dans la main d'Ambroise.

M. Sivignac s'amusa un instant des efforts de l'horrible bête pour saisir entre ses pinces les doigts qui la retenaient captive. Puis il remit le crustacé dans le panier de la Sylvie.

« Vends-les-moi, si tu y tiens, dit-il, et re-jette-les à l'eau.

— Allons donc ! » répliqua la pêcheuse de crabes avec une moue impertinente. Et elle s'avança vers Hector :

« M'achèterez-vous mes crabes, mon bon monsieur ? »

Elle tenait toujours son crabe à la main.

Hector, qui poursuivait sans doute quelque formule trancendantale de l'absolu, s'empara machinalement de la bête avec tant de mala-dresse, que les terribles pinces étreignirent immédiatement deux de ses doigts.

Le moindre défaut de mon-cousin Hector est de s'évanouir pour une piqûre d'épingle.

Aux cris de terreur qu'il poussa, la Sylvie fut prise d'un rire fou, assez pardonnable chez une enfant de quinze ans. Soit hasard, soit malice, le panier plein de crabes, s'échappant des mains crispées de la jeune fille, alla rouler sur les genoux d'Hector. Quand le malheureux se vit assailli par cette nuée d'ennemis, qui, joyeux de recouvrer leur liberté, le parcouraient dans tous les sens, ses exclamations et ses gestes d'effroi devinrent tellement grotesques, que tous les assistants, hommes, femmes, et jusqu'aux marmots à demi enfouis dans le sable, rirent à gorge déployée.

« Misérable! » répétait Hector en secouant ses vêtements, sans oser s'attaquer directement aux crabes. La Sylvie riait toujours. « Fille de mécréante! Enfant trouvée! » cria Hector hors de lui.

A ces mots, le visage de la Sylvie devint blême. Oubliant ses crabes, qui se hâtaient vers la mer de toute la vitesse de leurs pattes, et son panier, sur lequel Hector se vengeait à grands coups de pied, elle s'enfuit vers le village en voilant sa tête de son tablier.

« Qu'a donc cette enfant ? demanda Ambroise.

— Avez-vous passé quinze jours à Veules sans y apprendre l'histoire de la Sylvie ? répondis-je avec surprise. Sylvie est la fille d'une esclave achetée au bazar du Caire et ramenée en France par un grand personnage. Ce qui concerne le père de la Sylvie est resté assez obscur ; quant à la mère, la nourrice de Sylvie l'a vue à Dieppe dans son costume de Turque. Après avoir payé assez régulièrement, pendant un an, les mois de nourrice de son enfant, cette femme a subitement disparu, et, sans la générosité de la mère Pignerelle, qui a élevé gratuitement la petite étrangère, cette belle Sylvie serait, à l'heure qu'il est, à l'hôpital.

— Quel roman !... Mais cette pauvre Sylvie menacée de l'hôpital ! Cela est horrible à penser ! s'écria Ambroise avec émotion.

— L'hôpital vaudrait peut-être mieux pour elle que le sort qui l'attend, si elle n'y prend garde, ne pus-je m'empêcher d'ajouter.

« —Rentrons à Blaville. J'ai assez de la mer, »
dit Hector, redevenu à peu près calme.

M. Sivignac m'offrit son bras, et nous quit-
tâmes la plage, suivis par les regards des baigneurs, qui examinaient la victime des crabes
avec une curiosité moqueuse.

On se rend d'ordinaire de Veules à Blaville
par un sentier tortueux, encaissé, au sol sablonneux et parsemé de roches, qui doit avoir
été le fond d'un ravin. Ce sentier serpente entre
les revers de la falaise et une petite chaîne de
montagnes, dont les sommets s'épanouissent
en vastes plateaux semés de blé. Les versants
boisés se rapprochent tellement en certains
endroits, que deux personnes peuvent à peine
cheminer de front. Pendant tout le trajet,
Hector ne prit pas un seul instant part à la
conversation. Il marchait derrière nous en
grommelant je ne sais quelles impertinences.
Il est clair que l'enthousiasme dont il s'est pris,
il y a quinze jours, pour Ambroise, s'éteint
rapidement. Cela ne pouvait manquer d'arriver. Quels abîmes entre mon cousin et Ambroise ! Hector ignore tous les sentiments sympathiques, dédaigne l'activité matérielle, hait

la réalité vivante, sous prétexte de je ne sais
quel idéal sublime accessible à lui seul. Ambroise est bon, dévoué; plein d'ardeur pour la
science, il attend des miracles de l'énergie humaine. Un voile m'est tombé des yeux depuis
qu'il vit auprès de nous; ni les hommes ni la
nature ne m'apparaissent sous les mêmes aspects
qu'autrefois, et je me repens à chaque instant
des idées, des sentiments que, par habitude,
j'exprime devant lui. Avec le temps, je par-
viendrai peut-être à me transformer moralement; mais ma personne, je ne la changerai
jamais; je suis irrévocablement laide... Je n'ai
que trente ans cependant, dix-huit années de
moins que cette Mme de Breuille qu'Ambroise
trouve belle encore, et si j'accordais quelque
importance à la théorie qu'il a développée ce
soir, je pourrais, en prenant dans mon cœur la
ferme résolution d'embellir, sourire devant
mon miroir à une future jolie femme. Quelle
plaisanterie! Est-ce qu'aucun effort de ma volonté rendrait mes cheveux moins rares, ma
peau moins rugueuse, les lignes de mon visage
moins lourdes, moins déplaisantes... qui sait?
Elle n'a peut-être pas beaucoup plus de che-

veux que moi, Mme de Breuille. Ses traits n'ont
rien de remarquable, ses yeux sont infiniment
plus petits que les miens ; sa taille reste bien
au-dessous de la stature moyenne... Avec tout
cela, Mme de Breuille est jolie, et je suis laide !
Qui m'aurait dit qu'un jour pourrait venir où
j'envierais Mme de Breuille ! une femme d'une
intelligence bornée, un de ces êtres dont on ne
s'occupe pas, qui n'existent même pas ! C'était
du moins ainsi que je la jugeais avec Hector.

En arrivant à notre maison de Blaville, toujours appuyée sur le bras d'Ambroise, j'ai
éprouvé une impression singulière. Pour la
première fois, j'ai été choquée de l'abandon,
du délabrement de cette habitation. La maison
cependant est grande et bien bâtie ; le site au
milieu duquel elle s'élève, plutôt beau que
laid. A gauche de la porte d'entrée, un bois
d'ormes et de châtaigniers ; à droite, des prairies que de nombreux ruisseaux conservent
vertes toute l'année ; en face, un champ de blé
entouré de pommiers. Entre ce champ et la
maison s'étend un terrain assez vaste qui fut
jadis semé de gazon. Mais dans quel état se
trouve tout cela, bon Dieu ! Pas un volet qui

tienne aux fenêtres du rez-de-chaussée, pas
une croisée du premier étage dont un ou deux
carreaux ne soient brisés et remplacés par des
lambeaux de papier de toutes les couleurs.
L'intérieur répond au dehors. Les parquets
sont boursouflés par l'humidité ; les boiseries,
jadis peintes en blanc, aujourd'hui inégale-
ment recouvertes d'un enduit de taches et de
moisissures, se séparent des murailles; les plafonds sont crevassés. Quant à l'ameublement,
il se compose d'une douzaine de chaises dé-
paillées, de tables boiteuses et de bois de lits
vermoulus. Un peu d'argent et quelques soins
suffiraient pour transformer tout cela. Qu'importe à Hector ? Que m'importait à moi-même,
il y a quelques jours ? dois-je ajouter pour être
franche. A peine avais-je remarqué l'élégance
et la propreté raffinée de la maisonnette qu'habite en ce moment Mme de Breuille, avant d'y
être allée avec Ambroise. Ambroise se trouve
certainement très-mal chez nous. Comment
Hector a-t-il osé offrir à une personne qu'il
n'avait pas vue six fois, une si chétive hospitalité? Mais ce jour-là Ambroise, rencontré
par hasard sur la falaise, avait admiré je ne

sais quels hémistiches tombés de la plume
d'Hector; il est évident que mon cher cousin
n'avait pas la tête à lui.

Il faisait jour encore, lorsque nous sommes
arrivés à Blaville. Hector, toujours furieux, est
monté dans sa chambre sans serrer la main
d'Ambroise, et je suis descendue au jardin
avec M. Sivignac. Cette partie de notre habitation est un peu moins négligée que le reste,
grâce au zèle d'un vieux jardinier qui, se
trouvant pendant neuf mois sur douze le vrai
propriétaire de Blaville, travaille pour lui en
émondant les arbres et en sarclant les carottes
et les choux. Les fleurs qui poussent toutes
seules sont les bienvenues, pourvu qu'elles
n'empiètent pas sur le terrain réservé aux
légumes; mais elles ne doivent compter sur
aucun encouragement. Des chèvrefeuilles, des
rosiers, des phlox de toute nuance, résistent
merveilleusement à ce régime et garnissent la
terrasse au bas de laquelle je m'assis auprès
d'Ambroise.

En face de nous, les étoiles se mirèrent bientôt dans un bassin veuf de son jet d'eau, et
dont les bords frangés de mauves sauvages, la

sirène vêtue de mousses et d'herbes folles, semblaient, à cette heure-là, charmants à M. Sivignac.

Nous causâmes longuement d'Ambroise ; de son enfance passée à Beyrouth, où son père était consul ; des années consacrées à de sérieuses études médicales, faites à Paris sous la direction des premiers physiologistes de notre époque ; d'un voyage en Turquie, en Syrie et en Égypte, entrepris plus tard par M. Sivignac dans l'intention d'étudier les symptômes qu'affecte la folie, sous l'influence des nombreux dogmes religieux, qui là, plus que partout ailleurs, sont simultanément professés. Après m'avoir longtemps parlé avec animation, après m'avoir décrit plusieurs cas étranges d'aliénation mentale, Ambroise tomba subitement dans une rêverie profonde. Son front se plissa, son regard devint vague et anxieux. Je l'observais sans oser l'interroger. Dix minutes au moins s'écoulèrent dans un complet silence.

« A quoi pensez-vous donc ? dis-je enfin.

— Les nuits belles et calmes comme celle-ci me rappellent d'affreux souvenirs, » me répon-

dit Ambroise avec un accent plein de trouble
et d'angoisse

J'attendais les confidences de M. Sivignac
avec une vive émotion. Ses intimes pensées
allaient donc m'appartenir....

Mon attente fut trompée.

« Vous êtes bonne de vous inquiéter de
moi, » murmura Ambroise quelques instants
plus tard, en me serrant la main. Il semblait
oppressé par un songe douloureux. Le silence
se fit de nouveau. La main d'Ambroise, restée
dans la mienne, était tremblante et glacée.

« Pardon, je vous ai fait veiller jusqu'à
une heure inaccoutumée pour vous, » dit enfin
M. Sivignac, en se levant, comme s'il eût subitement repris possession de lui-même.

En rentrant dans ma chambre, je me suis
assise auprès de ma fenêtre ouverte. Les premières clartés du matin m'y ont trouvée heureuse, repassant pour la millième fois dans
mon esprit les événements de la soirée. Il
viendra bientôt, je l'espère, le jour où Ambroise n'hésitera plus à m'ouvrir son cœur.

Le lendemain nous avons déjeuné plus tard
que de coutume. Ambroise semblait avoir

complétement oublié ses tristesses de la veille ;
il nous a gaiement proposé de nous rendre à
Saint-Valéry-en-Caux, où nous louerions un
bateau pour faire une promenade en mer. On
ne trouve pas un seul bateau à Veules, la côte
est trop plate pour qu'ils puissent aborder.
Hector n'ayant fait aucune objection, il fut
décidé que nous partirions pour Saint-Valéry
dès qu'Ambroise serait revenu de Veules, où
il va chaque matin chercher ses lettres. Pourquoi ? Je ne l'ai pas encore deviné. Plusieurs
fois je lui ai fait remarquer que, le facteur
rural passant à la porte de Blaville, rien n'était
plus simple que de se faire apporter ici sa correspondance. Il m'a toujours répondu d'une
manière évasive, en alléguant un grand besoin
d'exercice ou le désir de contempler la mer.
Il est évident qu'Ambroise ne veut laisser voir
ni l'écriture des lettres qu'il reçoit, ni l'a-
dresse de celles qu'il écrit. Il passe une
grande partie de ses nuits devant son bureau,
et je n'ai jamais pu découvrir dans sa chambre
ni lettre, ni enveloppe de lettre. Je tâcherai de
pénétrer ce secret à son retour....

Oui, à son retour, car Ambroise est parti.

En revenant de Veules, dans le champ aux pommiers, où je l'attendais déjà prête pour la promenade en mer, il m'a annoncé que des affaires impérieuses le rappelaient pour quelques jours à Paris.

« Vous me reverrez avant la fin de la semaine, » m'a-t-il dit en montant dans le char-à-bancs qui devait l'emporter vers la station du chemin de fer.

J'emploierai ces huit jours à faire cirer le parquet de la chambre d'Ambroise, à mettre des stores à ses croisées, des rideaux à son lit. Hector ne s'apercevra même pas de ces améliorations qui l'irriteraient encore davantage contre Ambroise, s'il pouvait y voir une intention de lui être agréable. J'en ai aujourd'hui la certitude, mon cousin Hector enveloppe Ambroise dans sa haine générale contre tous ceux qui ne s'inclinent pas devant ses folles prétentions de penseur et d'écrivain.

II

16 juillet.

Je ne saurais que faire de mes heures, depuis le départ d'Ambroise, si je ne les consacrais à ce journal. J'écris dans *sa* chambre, rendue presque jolie par quelques mètres de perse commune et par les bras vigoureux de Françoise, la gardeuse de vaches : Françoise n'a jamais voulu frotter avec les pieds, elle prétend que c'est là une mode des fainéants de la ville.

Je me sers du papier d'Ambroise, des plumes d'Ambroise, et, chose étrange, celles de ses plumes avec lesquelles il a longtemps écrit lui-même donnent à mon écriture une vague ressemblance avec la sienne.

Comme certains côtés de la vie, restés jus-

qu'ici obscurs à mes yeux, s'éclairent aujour-
d'hui! Comme je comprends bien mon caractère propre et celui des personnes qui, dès
mon bas âge, ont exercé quelque influence sur
moi. Ma triste jeunesse a passé tout entière
devant mes yeux pendant ces journées de solitude....

Aucune des plus pâles existences de la province ne peut donner l'idée de la vie morne
et insipide que nous menions à Paris, dans
le sombre appartement qu'occupait le père
d'Hector; au troisième étage d'une des plus
vieilles maisons de la rue Saint-Jacques. L'é-
troite bande de ciel que j'apercevais entre une
double rangée de tuyaux de cheminée, en me
penchant bien fort en dehors de la fenêtre,
était, à quinze ans, le plus vaste horizon que
mes yeux eussent contemplé. Ma société habituelle se composait exclusivement (à part mon
cousin Hector et sa mère, dont je parlerai
bientôt) de mon oncle Le Berquet et de sa gouvernante, Mlle Agathe. Sauf les discussions domestiques dans lesquelles Mlle Agathe l'entraînait parfois de vive force, mon oncle Le
Berquet n'ouvrait la bouche que pour s'adresser

à lui-même de longs monologues sur des problèmes d'algèbre et de géométrie. Ses journées
s'écoulaient dans un cabinet poudreux, rempli
jusqu'au plafond de livres entassés sans ordre,
que de fréquents éboulements éparpillaient
sur le plancher. Une partie de dominos faite
avec un vieux chef de bataillon en retraite,
dans un café de la place voisine, occupait d'ordinaire ses soirées. J'ai su plus tard que certaines explosions de colère, dont je souffrais
ainsi que Mlle Agathe, avaient pour cause
l'obstination de l'Institut à repousser sa candidature. Vingt-cinq années de vie commune
ne m'ont rien appris de plus sur les pensées
et sur les sentiments de mon oncle.

Quant à la sèche, acariâtre, dévote et tyran-
nique Agathe, je la vois encore avec sa figure
ridée dans tous les sens, sa taille anguleuse, ses
longues dents, son tour de cheveux, ses gros
souliers et sa robe d'indienne verdâtre. Je l'entends déblatérer sans fin contre la corruption
du monde, la mauvaise éducation des jeunes
gens, la coquetterie des jeunes filles, critiques
entremêlées de l'éloge pompeux de ses propres
perfections.

Il arrivait souvent à cette despotique ser-
vante de consigner à la porte les amis de mon
oncle qu'elle considérait comme importuns;
mon oncle lui-même se voyait sévèrement ré-
primandé par elle lorsqu'il lui arrivait de rentrer après l'heure réglementaire du coucher.

Ces abus de pouvoir contribuèrent, sans
aucun doute, à faire germer la pensée du mariage, entre les chiffres et les signes algébriques,
dans la tête de M. Le Berquet.

J'avais quatre ans depuis un mois, et j'étais
installée depuis deux années rue Saint-Jacques,
le jour où, rasé de frais, ganté et cravaté de
blanc, mon oncle dut affronter les regards de
Mlle Agathe, qui, dans un négligé sordide, en
signe de protestation contre la solennité des
circonstances, se tenait, immobile et terrible,
sur le seuil de sa cuisine. A peine mon oncle
eut-il disparu, qu'Agathe lança, de toute sa
voix, les plus virulentes imprécations à l'adresse
des vieillards imbéciles et des veuves intri-
gantes. Le mathématicien, ainsi qualifié de
vieillard, n'avait pas encore atteint sa quarante-
deuxième année; mais sa physionomie n'ayant
pas varié (ai-je souvent entendu dire) de vingt

ans à soixante, les injures de la souveraine dé-
trônée ne manquaient pas de vraisemblance.

Entre mon oncle et la jeune femme ramenée
par lui, le soir même, au logis, le contraste
était frappant. Nous vîmes arriver une petite
personne toute mignonne, aux mouvements
souples et onduleux. Les grands yeux doux et
veloutés de ma nouvelle parente illuminaient
des traits fins et délicats, encadrés par des ban-
deaux d'épais cheveux bruns.

Veuve d'un exilé vénitien, connu à Paris pour
un architecte de mérite, cette jeune femme
habitait, avec une petite fille de deux ans, chez
son oncle, le vieux joueur de dominos qui faisait chaque soir la partie de M. Le Berquet.
Le besoin d'un appui pour elle et pour son
enfant, la misère, avaient, sans aucun doute,
déterminé cette faible et timide créature à lier
son existence à celle de l'homme le moins fait
pour la rendre heureuse.

C'est d'hier seulement que je juge aussi
favorablement la mère de mon cousin Hector.
Sous l'influence d'Agathe, j'ai détesté en elle,
pendant les dix-sept années que nous avons
passées ensemble, une sorte d'*intruse* qui n'ap-

portait dans notre maison que le trouble et la
gêne. Rien cependant ne fut changé rue Saint-
Jacques par le mariage du mathématicien. Soit
discrétion, soit indolence, Mme Le Berquet ne
tenta même pas de s'immiscer dans les détails
du ménage. Elle s'établit, une broderie à la
main, dès le lendemain de son mariage, auprès
de la croisée unique d'une salle à manger, servant en même temps de salon, place qu'elle
devait occuper régulièrement dix heures par
jour pendant dix-sept années consécutives ;
mon oncle, de son côté, se renferma, comme
de coutume, avec ses livres, et fit le soir sa
partie de dominos.

L'orage n'éclata, entre la gouvernante et la
maîtresse de droit, qu'à l'arrivée, rue Saint-
Jacques, de la fille de Mme Le Berquet, qu'une
sœur de sa mère, cette même Mme de Breuille
visitée par nous l'autre soir, avait gardée chez
elle pendant la semaine des noces. Laurence
était une enfant extrêmement jolie, mutine et
caressante, accoutumée aux sourires et aux
tendresses. C'est là encore un jugement rétro-
spectif, ou, pour mieux dire, tout actuel ; car,
à cinq ans, et durant les années qui suivirent,

j'éprouvais tout autant d'éloignement pour Laurence que pour sa mère, et je ne laissais échapper aucune occasion de contrarier l'une et de maltraiter l'autre. Mon antipathie pour Mme Le Berquet se compliqua bientôt d'un profond dédain. Mon oncle ayant découvert en moi, dès l'âge de sept ans, des facultés toutes spéciales pour les mathématiques, une femme de vingt-huit ans, dont le bagage scientifique comprenait tout au plus la *division*, ne pouvait m'inspirer que du mépris. Mes sentiments haineux, pour cette personne douce et bienveillante, me semblent aujourd'hui moins faciles à expliquer.

Fille d'une sœur et d'un cousin de mon oncle Le Berquet, je dus apporter en ce monde bien peu de facultés affectives, facultés qui s'atrophièrent sans aucun doute rapidement sous la glaciale direction de Mlle Agathe, à laquelle la mort de mes parents me livra dès le berceau.

Dois-je l'avouer? avant l'arrivée de M. Sivignac à Blaville, un pareil retour sur moi-même m'eût été impossible. L'intelligence comptait jusqu'alors seule pour moi. En possédais-je plus ou moins que telle ou telle autre personne?

C'était l'unique inquiétude qui m'eût traversé l'esprit au sujet de mes qualités naturelles ou acquises.

Hector vint au monde treize mois après le mariage de mon oncle. Cet événement émut médiocrement, je crois, le cœur de l'algébriste, qui, à aucune époque, ne m'a paru s'occuper de son fils; mais Mlle Agathe sut y trouver de nouvelles occasions de torturer Mme Le Berquet. Elle affecta de considérer cet enfant comme n'étant aimé dans la maison que par elle, Agathe, et reprocha aigrement à la mère d'Hector la moindre caresse faite à la petite Laurence. Un jour qu'Hector criait, parce que la fille de l'architecte lui avait enlevé une poupée dont il avait déjà dévoré le nez et les yeux, Mlle Agathe appliqua de si vigoureux soufflets sur les joues de Laurence, que la pauvre enfant s'enfuit tout ensanglantée vers sa mère. Ce fut alors une scène terrible. Réprimandée par Mme Le Berquet, la gouvernante accabla son ennemie d'injures grossières, auxquelles la malheureuse mère répondit par des sanglots...

Mon oncle, apparaissant bientôt, les sourcils froncés, à la porte de son cabinet de travail,

vint mettre fin au bruit qui le troublait dans
ses calculs, par de dures paroles, indifférem-
ment adressées à sa gouvernante et à sa
femme.

Le lendemain, dès les premières heures de la
matinée, Mme Le Berquet sortit avec sa fille,
qu'elle ne ramena point rue Saint-Jacques.
Je ne revis Laurence que bien des années
plus tard.

Obéissant à une tradition de famille, Mme Le
Berquet crut devoir solenniser le jour de ma
première communion par un dîner auquel
furent invités les proches parents de mon oncle
et les siens. Outre une sœur veuve qui habitait
cette même terre de Blaville, dont, à sa mort,
nous avons hérité Hector et moi, mon oncle avait
un frère, capitaine de vaisseau, marié à une
femme assez riche et père d'un petit garçon de
huit ans. Quant à la veuve de l'architecte,
devenue Mme Le Berquet, elle n'avait d'autre
parent à Paris que son oncle, le chef de bataillon en retraite, et sa sœur, Mme de Breuille,
mariée à un publiciste qui devait à des écrits
politiques quelque célébrité. C'était à cette sœur
et à ce beau-frère que Mme Le Berquet avait

confié Laurence. A première vue, je ne reconnus pas mon ancienne victime dans l'élégante enfant de dix ans qui accompagnait Mme de Breuille. Quoique âgée moi-même de douze ans à cette époque, j'étais incapable d'apprécier la beauté de Laurence, sa grâce et le charme de ses manières; mais je fus saisie d'un vague sentiment de jalousie lorsque, vers la fin du repas, je vis tous les convives, mon oncle Le Berquet excepté, s'occuper exclusivement de la fille de l'architecte. Ces gens du monde me causaient un étonnement mêlé de gêne. Le capitaine de vaisseau Le Berquet différait de tous points de son frère le savant. C'était un homme jeune encore, à la physionomie riante et mobile, aux allures expansives et sympathiques; sa femme, Adrienne, une créole de Bourbon, gracieuse et nonchalante, me sembla s'occuper de son fils avec passion. Quant à M. et à Mme de Breuille, l'esprit de l'un et la beauté de l'autre enchantaient à cette époque les salons parisiens.

Laurence, excitée par les éloges et par les caresses, s'abandonna bientôt à une gaieté folle et bruyante. Elle s'empara du burnous blanc

de Mme de Breuille, et après s'être couronnée
d'un bracelet en guise de diadème, elle se mit
à déclamer des vers d'*Athalie* qu'on lui avait
appris à sa pension. Sa physionomie enfantine
s'efforçant d'atteindre à la majesté royale, son
éclatante beauté rehaussée par le feu des pierre-
ries, composaient un ensemble si ravissant et
si bizarre, que j'en fus moi-même frappée. Mes
regards ne quittaient pas Laurence. Pour la
première fois, je remarquai ses grands yeux
bleus ombragés de cils noirs, sa chevelure
souple et bouclée, l'exquise pureté de ses traits,
la transparence de son teint.

« La belle, l'adorable enfant! » criait avec
enthousiasme le capitaine de vaisseau.

A ce moment, Mlle Agathe, appelée par les
nécessités de son service, entr'ouvrait la porte
de la salle à manger, et s'arrêtait stupéfiée sur
le seuil. S'élançant tout à coup, elle nous saisit
d'un geste brusque, moi de la main droite,
Hector de la main gauche, et nous entraîna
tous les deux hors de l'appartement.

« Le jour est bien choisi pour amener ici
des histrions! grommela-t-elle entre ses dents,
après avoir quitté la salle à manger. Nous la

rencontrerons donc toujours dans notre chemin, cette poupée-là ! » cria-t-elle à haute voix, dès qu'elle eut repoussé la porte.

J'ai eu plusieurs fois l'occasion de me rappeler l'exclamation d'Agathe.

Quand je me retrouvai seule, quelques instants plus tard, dans la mansarde que je partageais avec la gouvernante, j'eus la pensée, bien nouvelle pour moi, d'examiner mes traits dans le miroir entouré de bois rouge qui ornait notre cheminée. L'image gracieuse de Laurence remplissait encore mes yeux : je me trouvai affreuse. Les vêtements blancs exigés par la cérémonie du matin faisaient ressortir à son grand désavantage ma peau épaisse et tannée, presque aussi foncée que les cheveux brunâtres qui se dressaient en brosse autour de mon front. Les cils manquaient à mes paupières, et mes sourcils n'étaient guère indiqués que par de larges plaques rouges. Je suis, il me semble, moins laide que cela aujourd'hui ; mais j'avais dès cette époque un front vaste, carré, dont mon oncle Le-Berquet disait quelquefois en le pressant de sa lourde main : « Il y a l'étoffe d'un mathématicien sous ce crâne-là. »

Ce souvenir calma mon amour-propre :

« Laurence n'est qu'une poupée ! » me répétais-je avec mépris.

A partir de ce jour-là, mes yeux furent ouverts : ni l'élégance, ni la beauté ne passèrent inaperçues devant moi ; mais si je rencontrais par hasard une femme élégante et jolie dans notre triste quartier, je détournais la tête avec une pitié dédaigneuse. A quinze ans, je me laissai conduire par Mme Le Berquet chez Mme de Breuille, le jour de la fête de Laurence. En attendant le dîner, qui devait être suivi d'un petit bal de jeunes filles, Laurence, dont je vois encore la robe de taffetas rose garnie de velours noir et les pantalons de mousseline brodée, voulut me montrer des oiseaux, des fleurs, l'album que les amis de son oncle commençaient à lui composer ; je refusai sèchement, et je crus faire merveille, je crus donner une leçon aux êtres frivoles qui m'entouraient, en tirant de ma poche un traité de géométrie que je me mis à étudier dans un coin.

Jusqu'à l'âge de vingt et un ans, j'habitai, sans m'en éloigner un seul jour, et sans y voir apparaître une figure nouvelle, l'obscur appar-

tement de la rue Saint-Jacques. Je couchais toujours dans la mansarde de Mlle Agathe ; je fai-
sais, affirmait mon oncle, de surprenants progrès dans les sciences mathématiques, et je me
fortifiais de plus en plus chaque année dans ma
satisfaction de moi-même et dans mon mépris
des autres femmes.

Pourquoi cette satisfaction ? pourquoi ce mépris ? Un développement exclusivement intellectuel peut-il constituer une véritable supériorité ? Doutes aussi nouveaux pour moi que ma
confusion de l'autre jour au sujet du délabrement de Blaville. Mais à quoi m'aurait servi
de comprendre l'art, la nature, la beauté, toutes ces choses dont Ambroise parle avec tant
d'éloquence, dans ma prison de la rue Saint-
Jacques ? Qu'aurais-je fait d'un cœur entre mon
oncle Le Berquet et mon cousin Hector ? Tous
les défauts, tous les travers paternels se retrou-
vaient chez ce cher cousin, transposés, pour
ainsi dire, de l'intelligence pure à l'imagination. Même sécheresse de cœur, même égoïsme
dans les grandes et dans les petites choses,
même dédain des convenances, même négligence de sa personne ; mais infiniment plus

d'orgueil. Se livrant à d'incessants travaux,
dans une spécialité définie, mon oncle Le Berquet reconnaissait des égaux, voire des supérieurs, tandis qu'Hector, s'en tenant aux aspirations vagues, se refusant à toute étude
approfondie, à tout effort pouvant donner à
lui-même et aux autres la mesure de son pré-
tendu génie, abusait de cet incognito pour trai-
ter de précurseurs à peine dignes de lui, les
poëtes et les philosophes des temps anciens, et
pour nier toute valeur à ceux de l'époque actuelle. Les sciences exactes, qui lui étaient d'ailleurs parfaitement étrangères, exaltaient surtout sa rage de dénigrement universel. « Que
devenir entre deux machines à chiffrer comme
toi et mon père? » me disait-il parfois d'un accent méprisant, lorsque quelque lecture de ses
chefs-d'œuvre me laissait froide. Cette igno-
rance, ce dédain des études mathématiques
n'empêchaient pas Hector d'être mille fois plus
abstrait, plus *subjectif*, pour employer l'un de
ses mots favoris, que ne l'était le mathématicien.

Par les calculs, les formules exactes, les lignes, mon oncle Le Berquet arrivait à se rap-

procher d'une certaine façon de la réalité;
tandis qu'incessamment perdu dans les brouillards d'une métaphysique de fantaisie, mon
cousin Hector n'en conservait pas la plus élé-
mentaire notion.

Des problèmes de géométrie et d'algèbre, de
creuses dissertations, des tracasseries vulgaires
résument donc toutes mes années jusqu'au jour
où j'ai connu Ambroise.

Comment ne suis-je pas morte cent fois de
désespoir? A part mon sincère amour de l'é-
tude, des incidents bien légers aujourd'hui
dans mes souvenirs, mais vivement sentis dans
la réalité, vinrent m'aider à m'abuser sur le
néant de mon existence.

Hector introduisit un soir au logis un jeune
homme rencontré par lui, huit jours auparavant, aux conférences que faisait en ce moment,
à Notre-Dame, un prédicateur illustre. D'une
grande taille, d'une belle figure, avec un front
très-élevé, arrondi en dôme par le haut, des
yeux pleins de feu, une voix forte et vibrante,
l'ami de mon cousin me parut fou, la première
fois que je causai longuement avec lui, mais
fou à envoyer sur l'heure à Charenton. Com-

ment ce singulier personnage avait-il conquis
les sympathies d'Hector? J'ai passé bien des
années sans le comprendre. L'idée fixe de
M. Sylvestre de Rouallec, idée qu'il exprimait
en termes si bizarres et si nouveaux pour moi
que je n'y vis d'abord qu'une sorte de délire,
c'était la transformation immédiate et complète de l'humanité et du globe qu'elle habite.
Cette transformation serait chose facile et simple, affirmait-il, le jour où les hommes consen-
tiraient à ouvrir les yeux sur leurs misères et
accepteraient, comme un remède souverain, la
théorie dont il s'était fait l'apôtre. Sylvestre
m'exposa bientôt dans ses moindres détails un
système cosmogonique et social dont j'ignorais
jusqu'au nom en 1847, car, même en fait d'i-
dées, rien de vivant, rien d'actuel, ne pénétrait
rue Saint-Jacques.

Cette théorie, par certains côtés, m'éblouit,
par d'autres me révolta ; je crus surtout devoir
la combattre au point de vue catholique. Une
active correspondance s'établit à ce sujet entre
Sylvestre et moi. Sylvestre s'efforçait de me démontrer que lui et son système étaient plus catholiques que je ne l'étais moi-même, et, en cela,

il n'avait peut-être pas tout à fait tort. A dix-
sept ans, quatre ans avant l'époque où je rencontrai Sylvestre, j'étais, en matière de religion,
l'élève de mon oncle Le Berquet, c'est-à-dire
que j'abandonnais les problèmes théologiques
à ceux qui avaient du temps à perdre. N'étant
pas cependant, comme mon oncle, d'un caractère à faire éternellement mes délices de formules algébriques, je vis peu à peu mon indifférence se changer en un doute inquiet. L'influence de mon cousin Hector sur mon esprit
date de cette époque. En fait de spéculations
ontologiques, Hector était vraiment un enfant
prodige. A quinze ans, il dissertait couramment
de l'être, du non-être, des propriétés de l'absolu, le tout dans les limites d'une orthodoxie
rigoureuse ; il se serait cru perdu, si aucune
des propositions de son catholicisme métaphysique avait encouru les censures de l'Index.
Laissant tout l'honneur d'un quart de son zèle
orthodoxe au besoin d'une certitude acquise
sans travail, à la passion de l'absolu, je crois
n'être que juste en attribuant les trois autres
grands quarts à la crainte du diable et de l'enfer. La préoccupation constante du mal était le

lien secret entre Hector et son nouvel ami.
Comme Hector, Sylvestre n'apercevait qu'infamie, perversité, ineptie chez les hommes. Les
sentiments les plus opposés donnaient naissance à cette commune manière de voir. Chez
Hector, la croyance au mal général, irrémédiable, tout-puissant, résultait avant tout d'un
égoïsme, d'un orgueil si monstrueux, qu'ils
entraînaient le mépris de l'humanité entière.
L'indignation constante de Sylvestre contre les
hommes prenait au contraire sa source dans
une générosité d'âme sans limites, dans une
impatience immodérée du bien, surtout dans
l'inébranlable conviction qu'une panacée universelle ayant été découverte, la souffrance
n'avait plus d'autre raison d'être sur cette terre
que l'obstination des hommes.

Au moment même où Sylvestre fut introduit
rue Saint-Jacques, je commençais à prendre très
au sérieux le christianisme transcendantal
d'Hector. Si paradoxal qu'il me semblât, il ouvrait aux besoins d'enthousiasme qui s'éveil-
laient en moi, un champ plus vaste, moins
aride que l'algèbre et la géométrie ; mais, pour
tout dire, mon ardeur religieuse s'exalta étran-

gement, dès qu'elle devint l'occasion d'une
correspondance animée et d'interminables con-
troverses avec Sylvestre.

L'un des bons côtés terrestres de la religion,
c'est qu'elle place naturellement ceux qui en
font la règle unique de leur vie au-dessus des
convenances mondaines. Les convenances n'a-
vaient d'ailleurs rien à faire rue Saint-Jacques.
Quant à Sylvestre, il n'y semblait même pas
songer. Nous nous donnions donc des rendez-
vous le soir, dans le jardin du Luxembourg,
pour éclaircir quelque point de doctrine laissé
obscur dans nos épîtres. Pendant ces entrevues,
qui se prolongeaient d'ordinaire jusqu'à la fer-
meture des grilles, rien ne pouvait distraire
Sylvestre de son plan de régénération universelle. Soit qu'il me fît marcher dans les allées
désertes, soit qu'il m'entraînât sans s'en douter
au milieu du jardin, parmi les nombreux
groupes des promeneurs, il ne regardait qu'en
lui-même et n'apercevait le monde extérieur
qu'à travers les éblouissements de ses rêves. Il
n'en était pas ainsi de moi : je comparais involontairement les autres promeneurs à Sylvestre,
et j'éprouvais une joie secrète en trouvant M. de

Rouallec très-supérieur par la beauté des traits
et par la distinction des manières aux plus re-
marquables d'entre eux. J'étais heureuse de
traverser la foule à son bras. L'avouerai-je ? La
pensée qu'on me prenait pour sa femme, faisait
battre mon cœur à m'étouffer ; des bouffées de
satisfaction vaniteuse me montaient au cerveau.
Pourquoi non ? — Rien n'indiquant, ni dans
les regards, ni dans les discours de Sylvestre,
qu'il attachât la moindre importance aux char-
mes physiques des jeunes filles qui lui sou-
riaient au passage, je m'imaginai naïvement
pendant tout un été que j'étais pour lui la première femme de l'univers, la seule, parce que
mieux qu'aucune autre je comprenais ses
théories.

Ces jours de bonheur ne pouvaient durer. Le
retour de Laurence rue Saint-Jacques vint clore
cette période d'illusion, et c'est moi seule que
je dus accuser d'un événement si imprévu.

III

M. de Breuille était mort l'année précédente d'une maladie de poitrine, laissant à sa veuve une assez belle fortune. Quoique sa réputation de jolie femme ne se fût en rien amoindrie, Mme de Breuille atteignait à cette époque sa trente-neuvième année. Elle se donna toutes les apparences d'une veuve inconsolable, et passa plusieurs mois enfermée dans son hôtel, où ne pénétraient que quelques amis. Laurence, âgée alors de dix-neuf ans, puisqu'elle n'a que deux années de moins que moi, ne quittait pas sa tante ; c'était, au dire des habitués de la rue du Rocher, un miracle de beauté, d'esprit et de talent.

Mme de Breuille et sa fille d'adoption pa-

raissaient rarement rue Saint-Jacques ; peut-
être redoutaient-elles la froide réception de mon
oncle Le Berquet ou quelque impertinence de
Mlle Agathe. Si la gouvernante de mon oncle
détestait la paisible Mme Le Berquet, son aver-
sion pour la brillante Mme de Breuille et pour
Laurence s'exaltait jusqu'à la fureur. Elle ne
parlait de la sœur de sa maîtresse qu'en termes
méprisants, et, comme elle se piquait d'érudition sacrée, Mme de Breuille était indifférem-
ment désignée dans ses réquisitoires par les
surnoms d'Hérodiade ou de Jézabel. Ma surprise ne fut donc pas grande, lorsque Agathe
me prit à part un matin pour me dire d'un ton
de triomphe qu'elle venait de voir entrer la superbe Jézabel dans une misérable maison garnie
de la rue Soufflot.

La veuve du journaliste y visitait tous les
soirs, avaient raconté les voisins, un jeune
homme de vingt ans, malade depuis un mois.

Je voulus en savoir davantage, avant de dé-
voiler l'aventure. Par esprit de système plus, je
crois, que par sympathie personnelle, M. de
Rouallec s'était toujours montré d'une incroyable indulgence envers Mme de Breuille. Je ren-

contrais avec bonheur l'occasion de l'éclairer
une fois pour toutes sur cette femme; mais je
savais qu'il ne la condamnerait que sur d'évi-
dentes preuves.

J'appris sans peine, rue Soufflot, que le jeune
homme malade était un peintre de portraits,
très-beau garçon, aux prises avec la plus affreuse misère. Une voisine de grenier, chargée
d'une mère infirme et de quatre enfants, s'occupait seule de lui avant les visites de la veuve
du journaliste.

Sous prétexte de charité, je m'introduisis aisément dans le grenier, et j'y devins bientôt
assez intime pour y passer des heures entières.
Je fréquentais la rue Soufflot depuis une dizaine
de jours, quand une après-midi, le frôlement
d'une robe de soie dans l'étroit escalier, vint
m'avertir que le moment de surveiller le logis
voisin était venu. Postée le plus près possible
de la cloison, je reconnus immédiatement la
voix de Mme de Breuille. Quelle joie de démasquer cette femme impudente, de la faire rougir
sous mon regard ! Au bout d'une longue heure,
je saisis des phrases d'adieu ; puis la porte du
grenier s'entr'ouvrit doucement. J'apparus dans

le corridor en même temps que Mme de Breuille. La veuve du journaliste me regarda d'un œil surpris, mais sans aucun trouble apparent.

« Entrée ici par hasard, j'ai depuis longtemps reconnu votre voix, madame, dis-je avec un accent qui révélait toute mon indignation.

— Ah! vous écoutez aux portes! » s'écria Mme de Breuille, avec tant d'assurance dans l'accent, tant de fierté dans le regard, que je me sentis pâlir. « Veuillez alors, ajouta-t-elle, annoncer à Mme Le Berquet ma visite très-prochaine. » Avec une audace qui me confondit, Mme de Breuille rentra dans le grenier du peintre et en referma la porte derrière elle.

La mère adoptive de Laurence se trouva presque aussitôt que moi dans la salle à manger de la rue Saint-Jacques.

« Ma chère Louise, dit-elle à sa sœur, sans même sembler s'apercevoir de ma présence, je veux te confier, à toi la première, mes nouveaux projets de mariage. Mais comme le monde, avec lequel il faut toujours compter, blâmera peut-être le choix que je fais d'un jeune homme, très-jeune, très-pauvre, et encore inconnu, je crois devoir me séparer pour quel-

4

que temps de Laurence ; sa présence auprès de moi en de telles circonstances compromettrait son avenir. Je pars pour l'Italie; j'y passerai deux ans. A mon retour, notre fille reviendra, sans inconvénient aucun, rue du Rocher.»

Ma consternation devait percer, quoi que je fisse, dans ma contenance et dans mes regards. La résolution de Mme de Breuille était l'évidente conséquence de la découverte de son intrigue. Ainsi mes longues combinaisons, mon humiliant espionnage, amenaient ce que je redoutais plus que tout au monde, le retour de Laurence rue Saint-Jacques.

Trois jours plus tard, la fille de l'architecte s'installait dans la chambre de sa mère. Le contraste était grand entre l'hôtel de la rue du Rocher et l'appartement de mon oncle Le Berquet. J'épiais l'ennui et la révolte sur le visage de la belle Laurence ; mais, à ma grande surprise, je n'y observai pendant longtemps rien de semblable. Mme de Breuille pourvoyait largement aux dépenses de sa nièce ; le piano, les livres, le chevalet de Laurence avaient été transportés dans la chambre de Mme Le Berquet ; les meilleurs professeurs de musique,

d'anglais et de sciences naturelles y venaient
plusieurs fois par semaine. Quand le temps était
beau, Laurence faisait dans l'après-midi une promenade avec sa mère. Le soir, elle profitait de
l'absence de son beau-père, M. Le Berquet, envers qui elle usait de ménagements infinis, pour
étudier le chant et le piano. Impossible de deviner ce qui se passait derrière le front sérieux
et toujours calme de Laurence. Agathe elle-
même cherchait en vain contre la fille de son
ennemie quelque prétexte à blâme ouvert.

Quant à Mme Le Berquet, elle rajeunissait
et embellissait sensiblement. Pour la première
fois, la pauvre femme recevait des témoignages de sympathie rue Saint-Jacques. La
conversation de Laurence, la musique, les
œuvres des grands écrivains modernes furent
une sorte de révélation pour cette âme douée
d'instincts délicats et poétiques, dont un ensemble de circonstances mauvaises avait jusqu'alors empêché le développement. La figure
de Mme Le Berquet, flétrie par dix-sept années de réclusion et d'isolement moral, s'illumina.

« Mme Le Berquet est belle, presque aussi

belle que sa fille, » me dit un soir Sylvestre
avec surprise, après un dîner pendant lequel
la mère de Laurence s'était enhardie jusqu'à
citer avec feu certains passages d'un livre
éloquent, alors dans toute la primeur de son
succès.

Venant de Sylvestre, cette observation me
confondit. Sylvestre avait donc regardé Laurence!... Étonnement naïf de ma part. Est-ce
que l'élève de Mme de Breuille pouvait ignorer
l'art de se faire regarder par un jeune homme,
ce jeune homme fût-il M. de Rouallec? Il faut
l'avouer, dans la salle à manger de la rue Saint-
Jacques, entre mon oncle Le Berquet, Hector
et Agathe, Laurence attirait plus invinciblement encore les regards que dans les salons
de la rue du Rocher. Il est certain aussi que,
sans qu'il y parût, en affectant les allures
d'une habitante des nuages, Laurence se fa-
miliarisait singulièrement vite avec les gens.
Dès la troisième ou la quatrième entrevue, elle
plaisanta si vivement Sylvestre sur quelques
points de ses théories, que moi, très au courant, par expérience propre, de la susceptibi-
lité de mon initiateur en science sociale, je

crus la fille de l'architecte à jamais perdue
dans son esprit. Mais les hommes ont pour les
femmes futiles, incapables de soutenir une
discussion sérieuse, d'incroyables faiblesses.

Aussitôt que Laurence se fut retirée auprès
de sa mère :

« Voilà bien des arguments de bel esprit de
salon, dis-je à Sylvestre, persuadée qu'il allait
faire écho.

— Vous vous trompez, je crois, sur la
valeur intellectuelle de cette jeune fille, me
répondit-il. Malgré les influences fatales du milieu qu'elle vient à peine de quitter, Mlle Laurence me semble posséder un esprit supérieur.
Quelques entretiens suffiraient probablement
à l'éclairer. »

Hector lui-même, dont les boutades origi-
nales contre les illustrations consacrées amusaient la fille de l'architecte, Hector prétendit
reconnaître des facultés exceptionnelles chez
l'élève de Mme de Breuille.

La mort de Mme Le Berquet vint faire diversion à cet engouement étrange. Épuisée par des
émotions si nouvelles, la mère de Laurence,
après quelques semaines d'épanouissement mo-

ral et physique, s'éteignit à vue d'œil. Les
médecins, appelés en consultation, pénétrè-
rent à grand'peine dans le cabinet de mon
oncle Le Berquet. Ils lui exposèrent longuement qu'un mauvais régime prolongé, le
manque d'air, d'exercice, de distraction leur
semblaient la cause unique du mal qui allait
emporter sa femme.

« Que puis-je y faire? » répondit d'un ton
bourru le mathématicien.

Mme Le Berquet mourut deux jours plus
tard.

La fille de l'architecte se trouvait désormais,
rue Saint-Jacques, dans une situation très-
fausse. Hector ne s'était peut-être jamais dit
que Laurence était sa sœur; mon oncle Le
Berquet et moi ne voyions en elle qu'une étrangère, et la maîtresse réelle de la maison,
Mlle Agathe, entendait bien se débarrasser au
plus vite de cette belle *mijaurée.* Où pouvait
cependant aller la fille de l'architecte? Absente
depuis huit mois, Mme de Breuille venait d'é-
pouser le peintre avec qui je l'avais surprise :
Eugène Nantier. Selon ses prévisions, les rail-
leries de ses connaissances l'ayant poursuivie

jusqu'à Naples, elle voyageait en Grèce et en
Turquie. Impossible à Laurence de rejoindre
sa tante. Mais, puisqu'elle en recevait une pension de quatre mille francs, la délicatesse la
plus vulgaire ne lui faisait-elle pas un devoir de
s'installer seule n'importe où, plutôt que d'imposer sa présence à des gens fatigués d'elle et
le laissant voir clairement. Je partageais de tout
point cette opinion qu'énonçait à chaque heure
du jour, en termes peu ménagés, Mlle Agathe.
Plus instruite aujourd'hui des choses de l'existence, j'apprécie différemment la conduite de
Laurence. Il valait mieux mille fois supporter
notre froideur à tous et les avanies d'Agathe,
que de se jeter sans protection et sans appui
dans le monde parisien.

Quelqu'un néanmoins, dans notre petit cercle, semblait prendre à tâche de dédommager
Laurence de nos dédains ; ce quelqu'un, c'était
M. Sylvestre de Rouallec. Ses lettres à mon
adresse devenaient d'une brièveté presque im-
polie, et ses visites rue Saint-Jacques chaque
soir plus longues. Le dîner terminé, l'ardent
utopiste s'installait avec la fille de l'architecte
devant la croisée qu'avait habitée pendant dix-

sept années Mme Le Berquet. La mère de Laurence cultivait, dans de petites caisses peintes en vert, des résédas et des pois de senteur, dont les graines restées en terre pendant l'hiver repoussaient d'elles-mêmes au printemps.

« Pauvres plantes ! disait un soir Laurence, en enroulant autour d'un tuteur un pampre, trop frêle pour chercher lui-même un appui. Ne sommes-nous pas cruels de les condamner à végéter ainsi ?

— Tout se tient dans l'univers, répondait Sylvestre ; tant que les êtres humains s'obstineront à s'atrophier dans un milieu incohérent, comment s'étonner que les plantes souffrent ? »

C'était bien là le pathos habituel de Sylvestre ; mais ce qu'il ajouta ne ressemblait, ni de pensée, ni d'intonation, à ses discours habituels.

« Êtes-vous bien sûre vous-même que cette existence monotone n'altère pas votre santé ? et il regardait Laurence avec inquiétude ; vos joues pâlissent depuis quelque temps.

— Qu'y faire ? dit doucement Laurence.

— J'ai été bien des fois sur le point de vous offrir mon bras pour quelque promenade lointaine, reprit Sylvestre ; puis j'ai réfléchi que les

usages du triste monde où nous vivons inter-
disaient cette innocente liberté à une jeune fille. »

Sylvestre songeait aux usages du monde ! Il
s'inquiétait de la dose de liberté permise aux
jeunes femmes ! Je n'étais donc pas une femme,
à ses yeux ? Il me le fit entendre clairement
quelques jours plus tard.

« Je désirerais vous parler, » me dit-il un
soir à l'oreille d'un ton embarrassé, en quittant
la salle à manger.

Je le suivis dans le corridor.

« Mlle Laurence tombera malade si elle ne
change pas de manière de vivre, me dit-il d'une
voix agitée ; nous devrions consacrer chaque
soir quelques heures à faire avec elle des courses dans Paris.

— Je ne l'empêche pas de sortir, répondis-
je avec un peu d'aigreur.

— Mais elle ne peut pas sortir seule, interrompit vivement Sylvestre.

— Pourquoi donc ? Est-ce que je ne sors pas
seule, moi ?...

— Oh ! vous, c'est différent ! » répliqua sans
hésitation M. de Rouallec.

Même de la part d'un original tel que Sylves-

tre, la répartie me sembla par trop grossière.
Hector, je m'en aperçus avec joie, se détachait
chaque jour aussi d'un personnage qui passait
quotidiennement cinq ou six heures chez nous,
sans paraître se soucier de notre présence.

« Pour ce que nous avons maintenant à nous
dire, je ne comprends réellement pas pourquoi
vous vous donnez la peine de venir ici?... » dit
un soir mon cousin à son ancien ami, avec la
naïve brutalité qui le caractérise.

Sylvestre ne reparut plus rue Saint-Jacques.
Au bout d'une semaine, le facteur apporta un
matin une lourde lettre à l'adresse de Laurence.
Je reconnus immédiatement sur l'enveloppe
l'écriture de Sylvestre. Que pouvait écrire M. de
Rouallec à Laurence? Soigneusement observée
pendant le reste de la journée, la physionomie
de la fille de l'architecte ne me révéla rien.

Vers midi, le lendemain, Laurence fit demander à mon oncle Le Berquet s'il pouvait la
recevoir dans son cabinet. Surprise de ces so-
lennelles allures, je ne me fis aucun scrupule de
rapprocher la chaise sur laquelle j'étais assise,
dans la salle à manger, de la porte assez mal
close du cabinet.

« M. Sylvestre de Rouallec me demande en mariage, dit Laurence à son beau-père d'une voix profondément émue.

— Ah! fit mon oncle avec distraction.

— Je voulais, monsieur, vous faire part de cette proposition avant d'y répondre.

— Que puis-je vous dire? repartit mon oncle avec un visible ennui. Si ce jeune homme se trouve dans une bonne position de fortune, acceptez-le pour mari; sinon, refusez-le. Il n'y a pas besoin de conseil en semblable matière.

—M. de Rouallec possède, en Vendée, des propriétés rapportant quinze mille francs de rente.

— Quinze mille francs de rente! s'écria mon oncle avec infiniment plus d'intérêt pour sa belle-fille. Qu'aviez-vous alors besoin de me consulter? Épousez ce monsieur le plus tôt possible. »

Quinze mille francs de revenu en terre! je ne me serais jamais doutée, moi non plus, que Sylvestre, le rêveur, jouissait d'une telle fortune.

« On t'a coupé l'herbe sous le pied, ma pauvre fille! me dit Agathe, le soir de ce même jour, pendant que nous nous déshabillions dans notre mansarde. Cet écervelé de Sylvestre

t'aurait tout aussi bien épousée qu'une autre,
si cette belle poupée n'était pas entrée ici,
quand ce n'aurait été que pour avoir auprès de
lui quelqu'un à qui raconter ses sornettes. »

Je partage encore aujourd'hui la manière de
voir d'Agathe.

Sylvestre était-il amoureux de Laurence?
Je ne le saurais trop dire. J'assistais cependant
régulièrement aux entrevues des deux fiancés,
Laurence affectant de ne jamais recevoir M. de
Rouallec dans sa chambre. Une préoccupation
absorbait visiblement toutes les autres chez
Sylvestre, celle d'inculquer ses doctrines favorites à sa future épouse. Lorsque Laurence
acceptait les idées de M. de Rouallec, elle en
était récompensée par des transports d'enthousiasme; mais la moindre objection de sa part,
l'ombre d'un blâme, refroidissait Sylvestre
jusqu'au dédain. Parfois, au lieu de lui répondre, Laurence inclinait sa tête sur sa broderie avec un visible découragement; d'autres
fois, la vivacité de ses observations transfor-
mait la discussion en une scène violente.

Chaque entretien augmentait le désaccord
des deux fiancés, et, bien qu'il n'en soit rien

parvenu à mes oreilles (ni avant ni après la mort de M. de Rouallec), je ne mets pas en doute que ces escarmouches conjugales n'aient été suivies de terribles luttes. Suivant la volonté de mon oncle Le Berquet, le mariage de Laurence fut célébré trois semaines seulement après la demande officielle de Sylvestre. Au sortir de l'église, les nouveaux époux partirent pour leurs terres.

Mon oncle Le Berquet, Hector, Agathe surtout, répétèrent à l'envi, « que nous allions, enfin, vivre calmes et heureux. » Cela voulait dire, pour mon oncle, que sa maison ne serait plus troublée par des allées et venues qui contrariaient ses habitudes casanières; pour Hector, qu'on n'aurait plus l'insolente ineptie de s'occuper d'un autre, lui présent; pour Agathe, que rien désormais autour d'elle ne viendrait lui rappeler son ancienne ennemie, Mme Le Berquet. Quant à moi, mon intimité de quelques mois avec Sylvestre et l'apparition de Laurence rue Saint-Jacques me laissèrent dans le cœur je ne sais quel levain d'agitation et d'ennui. La monotone régularité de mon existence me semblait aujourd'hui odieuse.

La pensée du mariage, qui, à de très-rares

intervalles seulement, m'avait autrefois traversé l'esprit, s'y établit en permanence. Qui
pouvait songer à m'épouser ? Aucun homme *ma-
riable* ne pénétrait chez mon oncle, et le mince
patrimoine dont je disposais librement depuis
ma vingt et unième année ne pouvait guère me
procurer au dehors une réputation d'héritière.

Une seule chance de mariage me restait :
mon cousin Hector. Je comptais, il est vrai,
cinq années de plus que lui ; mais Hector était
si maladroit, si gauche, si rempli de manies
bizarres !... Le mariage me semblait un problème tout aussi difficile à résoudre pour lui
que pour moi. Quant au moyen d'établir mon
empire sur Hector, il n'y avait pas à hésiter :
je manifestai une admiration tellement hyperbolique pour sa supériorité intellectuelle,
qu'aucune concurrence féminine ne restait
possible sur ce point. Chose étrange ! à force
d'exalter de parti pris les conceptions métaphysiques, critiques et poétiques d'Hector, j'arrivai
à une sorte d'enthousiasme. Phénomène plus
surprenant encore ! j'eus pour mon cousin des
accès de passion sincère ! Je consacrais mes
nuits à lui écrire de brûlantes épîtres. Hector,

cependant, ne voyait dans tout cela que l'hom-
mage dû à ses mérites par toute personne
intelligente. Il poussait l'aveuglement jusqu'à
me consulter sur les chances que pourrait avoir
sa candidature officielle à la main de telle ou
telle jeune fille. Des velléités conjugales que
n'inspiraient ni l'amour, cela se voyait de reste,
ni le désir de se créer un intérieur, m'éton-
nèrent d'abord quelque peu. Ma propre expérience ne tarda point à me les expliquer. Après
m'être orgueilleusement posée en exception,
après avoir manifesté le plus complet dédain
des voies vulgairement suivies par les autres
femmes, je me suis souvent sentie furieuse
d'être prise au mot; j'ai été quelquefois dévo-
rée du désir de prouver, par quelque action
bien ordinaire et bien banale, que je n'étais
pas aussi en dehors, qu'on semblait le supposer, du droit commun des femmes de mon
âge. Des sentiments de même nature devaient,
à son insu, agiter Hector.

Les années s'écoulaient. J'allais atteindre ma
vingt-septième année, lorsque mon oncle Le
Berquet fut frappé de paralysie. Il mourut en
quelques heures. Riche d'un petit legs consi-

gné dans le testament de mon oncle, la ser-
vante-maîtresse voulut retourner dans sa bour-
gade natale, au fond du Limousin, pour y jouir,
disait-elle, de son indépendance. Un instant,
je caressai la pensée que ces bouleversements
domestiques allaient favoriser mes projets.

A vingt-deux ans, autant au moins qu'à sept,
Hector était incapable de vivre seul. Agathe
partie, mon cousin ne douta pas un seul instant que je ne dusse la remplacer auprès de
lui. Je ne tentai même pas de lui insinuer que
le monde pourrait blâmer l'habitation sous le
même toit d'une demoiselle de vingt-sept ans
et d'un jeune homme de vingt-deux : l'intelligence d'Hector ne s'abaissait pas aux vérités de
cet ordre; mais je m'efforçai de faire germer
cette pensée dans l'esprit de nos parents et de
nos connaissances. Parents et connaissances
s'obstinèrent à trouver notre vie en commun
parfaitement convenable. Même devant la méchanceté, je n'étais pas une femme!

Des mouvements de haine succédèrent à la
pitié dédaigneuse que j'éprouvais autrefois à l'aspect des jeunes filles belles et séduisantes. La
beauté, les séductions de ces femmes me volaient

mon bonheur, puisqu'elles fermaient les yeux
des hommes aux qualités de l'intelligence.

Je tombai dans un complet découragement.
Hector n'y prit même pas garde. Un matin
seulement, il y a de cela trois mois, sous quelle
influence, par quels conseils, je ne sais trop
encore, il me dit sans préambule :

« La personne la plus remarquable que je con-
naisse, la seule qui sache m'apprécier, est d'avis
que le mariage me donnerait de l'importance
sociale. Tu comprendras, mieux qu'une autre,
j'imagine, ce qu'il faut d'abnégation à la femme
d'un homme tel que moi. Nous nous occuperons
de cette affaire à notre retour de Normandie. »

Pas une phrase, pas un acte de mon cher
cousin, n'a fait depuis lors allusion à cette singulière déclaration d'amour. Il est cependant
certain que ce mariage, si ardemment souhaité
par moi autrefois, s'accomplirait si... Non, je
ne me sens pas le courage de dissimuler mon
admiration pour Ambroise !... Quelques heures
encore et je le reverrai. Une lettre de lui, arrivée ce matin, m'annonce son prochain départ
de Paris. Que m'importent maintenant les sentiments d'Hector ?

IV

Vendredi, vers cinq heures de l'après-midi, je cueillais des framboises au coin du grand champ, lorsque le bruit d'un pas plus vif, plus assuré que le pas de nos paysans, m'a fait tourner la tête. Ambroise était déjà au bas du tâlus qui sépare le champ de la route.

D'un bond, il s'est élancé auprès de moi et m'a serré la main avec effusion. Nous nous sommes dirigés vers la maison. Les embellissements faits à sa chambre ont arraché à M. Sivignac une exclamation de surprise, suivie de remercîments sans fin.

« Est-ce vraiment pour moi que vous avez pris cette peine? Que vous êtes bonne! Que je

serai heureux ici! » répétait-il avec une joie
d'enfant.

J'étais bien heureuse, moi aussi.

Ambroise a travaillé dans sa chambre pendant toute la journée de samedi. J'ai remarqué
qu'il n'allait plus prendre sa correspondance à
Veules; le facteur a apporté pour lui, à Blaville, plusieurs journaux et deux lettres qu'il a
décachetées et lues devant moi. Qui sait?...
Peut-être M. Sivignac n'est-il retourné à Paris
que pour y rompre quelqu'une de ces intrigues
d'amour un peu banales, qu'on dit si com-
munes dans l'existence des jeunes gens du
monde.

Après le dîner, samedi, je lui ai demandé s'il
désirait rendre visite à Mme de Breuille.

« Déjà! m'a-t-il répondu avec une contra-
riété visible. Ne sommes-nous pas bien ici? »
a-t-il ajouté.

Ambroise et moi nous traversions en ce moment le bois de châtaigniers; nous l'avons
descendu jusqu'à la prairie basse dont le foin
n'a pas encore été enlevé. Assis au pied de la
plus haute meule, nous avons passé près d'une
heure dans une religieuse contemplation. Quel-

ques observations d'Ambroise sur la fortifiante
odeur des plantes aromatiques mêlées au foin,
sur les brillantes légions d'insectes en quête
d'un gîte pour la nuit, sur les nuées floconneuses que le soleil couchant frangeait de rose
et d'or, interrompaient seules le silence. Les
magnificences des soirs d'été avaient-elles
existé pour moi avant cette heure-là?

Lorsque l'humidité est venue nous forcer de
fuir la prairie basse, nous nous sommes réfugiés
dans le bois de châtaigniers. Avec un abandon,
une confiance dont je n'ose pas chercher l'explication, Ambroise m'a ouvert son cœur; il m'a dit
ses regrets des années mal employées, ses résolutions pour l'avenir. Jusqu'ici, il avait gaspillé
ses forces et ses heures; mais une pensée unique
vivifierait dorénavant ses travaux, un but arrêté
déculperait sa puissance. Puis, c'étaient des
projets sans fin : il bâtirait une chaumière dans
un repli de la falaise; pendant les tempêtes,
l'écume fouetterait les vitres de sa fenêtre; aux
heures de calme, le flot déposerait sur le seuil
de sa porte des coquillages et des herbes marines. Comme il dormirait bien, bercé par les
grondements de l'Océan! Quelles pages il écri-

rait sur sa table de bois blanc, en face de la mer !

Tout en s'abandonnant à ces rêves, M. Sivignac pressait contre sa poitrine mon bras appuyé sur le sien ; sa main serrait la mienne.

J'ai passé la nuit suivante presque tout entière à ma croisée. Que penser des confidences d'Ambroise?... Pourquoi m'associe-t-il à ses projets d'avenir, à ses rêves?... Pourquoi cet amour subit de la campagne?... Mes heures de solitude sont trop courtes pour approfondir le sens de ses paroles, pour faire revivre dans ma mémoire les intonations de sa voix, les nuances de sa physionomie.... Pourquoi aussi tant de tristesse? pourquoi d'évidents remords, dimanche soir?...

Le matin, Ambroise ayant hasardé une observation critique sur je ne sais quels vers récités avant le déjeuner par Hector, l'irritable poëte refusa de nous accompagner à Saint-Valéry, où nous avions projeté de passer la journée. C'était la fête de la paroisse. Aucun batelier ne consentit à quitter le jeu de boules ou le cabaret pour nous conduire en mer. Nous

nous assîmes, Ambroise et moi, à l'ombre de
la falaise. En attendant l'heure des vêpres, les
femmes de l'endroit envahissaient la plage :
les jeunes filles se promenaient tout au bord
de l'eau, assez basse en ce moment pour
découvrir le sable ; elles marchaient par
groupes de deux, de trois, de quatre ; quelques-unes avaient ôté leurs bas et leurs souliers ; elles s'amusaient à poursuivre les grosses
lames, pour fuir ensuite devant le flot montant, qui les enveloppait jusqu'à mi-jambes
dans de blancs rouleaux d'écume.

La Sylvie était là dans ses plus beaux atours.
Comme pour se faire plus aisément remarquer,
elle suivait seule, lentement, la tête légèrement inclinée sur sa poitrine, la bordure de
goëmons et de coquillages qui marque la limite
exacte du flux. Nous reconnut-elle ? C'est probable, car elle vint se coucher sur le sable à
quelques pas seulement de la falaise. Les
rayons de midi tombaient d'aplomb sur sa tête ;
elle dénoua son mouchoir de cou, un mouchoir rouge, et le fixa avec des épingles dorées
aux tresses de cheveux roulées en diadème
autour de son front, coiffure que ne se per-

mettrait aucune autre fille du pays. Ses frais
de coquetterie ne furent pas perdus.

« Je suis bien près, en ce moment, d'ajouter foi à votre conte des *Mille et une Nuits*, me
dit tout à coup Ambroise après un long silence,
pendant lequel il n'avait pas quitté des yeux la
pêcheuse de crevettes. Regardez donc cette
petite Sylvie... Avec ses beaux pieds nus
pailletés de mica, ses bras blancs à demi en-
foncés dans le sable, sa taille flexible et surtout
sa coiffure bizarre et gracieuse, ne semble-
t-elle pas une sœur d'Haydée?... »

Le rapprochement me parut un peu forcé;
mais je fus heureusement dispensée d'en dire
mon avis. Une sorte de pirogue richement
pavoisée arrivait à toutes voiles vers la jetée.
Facile à distraire comme un enfant (je l'avais
depuis longtemps déjà remarqué), Ambroise
ne songea plus qu'à l'embarcation.

« Si le propriétaire de ce joujou consentait
à nous le louer, je le manœuvrerais parfaitement à moi tout seul, » dit-il en se rapprochant
du rivage.

La pirogue en question appartenait au fils
d'un riche fermier des environs. En attendant

l'époque où le notaire de Saint-Valéry devait
lui céder son étude; ce jeune homme, qui avait
fait son droit à Paris, prenait plaisir à scan-
daliser la commune par de sottes excentricités.
Le fils du laboureur normand ramait en gants
paille.

Flatté, sans aucun doute, de l'attention
qu'accordait un étranger à sa personne et à son
bateau, le dandy de Saint-Valéry, à peine dé-
barqué, s'avança cavalièrement vers nous.

« Savez-vous nager, monsieur ? dit-il à
M. Sivignac en soulevant à demi un chapeau
orné de longs rubans orange.

— Pas trop mal, monsieur, répondit Ambroise.

— Pardon de ma question, reprit le Normand; mais elle devait nécessairement précé-
der l'offre de ma coque de noix. Dès que vous
pouvez vous engager à remettre ma pirogue à
flot, si elle sombre en pleine mer, vous me
ferez un véritable plaisir en voulant bien en
user comme si elle vous appartenait, pendant
les trois ou quatre heures que je dois passer
dans ce village. »

Ambroise remercia l'étudiant canotier et

s'empressa de détacher la corde qui retenait la pirogue au rivage.

« N'oubliez pas qu'un seul mouvement faux suffit à la faire chavirer ! s'écria le futur notaire en s'éloignant.

— Venez-vous ? » me dit Ambroise en sautant dans le bateau qui vacilla horriblement sous ses pieds.

Je ne suis pas poltronne ; mais s'aventurer en pleine mer, dans une embarcation semblable, avec un tel pilote, me parut un acte de folie.

« Non, répondis-je. Revenez vous-même à terre, je vous en prie.

— Allons donc ! dit insoucieusement M. Sivignac... As-tu peur, toi aussi, la Sylvie ? » cria-t-il à la pêcheuse de crabes qui, debout, les pieds dans l'eau, à trois pas de la pirogue, suivait avidement des yeux les moindres mouvements d'Ambroise.

Pour toute réponse, la petite effrontée entra dans l'embarcation, et alla s'asseoir en face d'Ambroise.

« En mer ! » cria M. Sivignac en saisissant les rames.

La pirogue fut bientôt loin du rivage.

Je restai confondue de mécontentement et
de surprise. Toutes les vieilles femmes et toutes
les jeunes filles éparses sur la plage s'étaient
groupées autour de moi.

« J'ai dit cent fois qu'elle finirait mal, avec
ses airs de princesse, grommelait une commère.

— Et dire qu'elle refuse de danser le dimanche! Est-elle assez hypocrite? criait de toute sa
voix une jeune fille.

— C'est qu'il lui faut des beaux messieurs
de Paris, à cette bâtarde! Voyez comme elle
lui parle!

— Pour beau, il l'est, celui-là!... Elle choisit bien, la Sylvie!... »

La cloche des vêpres vint heureusement
mettre fin à ces bavardages. Toutes les femmes,
vieilles et jeunes, se dirigèrent vers l'église.
Deux heures au moins s'écoulèrent. Les groupes commençaient à se former de nouveau sur
la plage, quand la pirogue reparut. La Sylvie,
toujours placée devant Ambroise, faisait face
au rivage. Sa pose, hardie et prétentieuse jusqu'à l'impudence, était évidemment calculée
pour fasciner M. Sivignac. Debout au pied du

mât, sous une sorte de dais formé par des ban-
deroles et des flammes de toutes couleurs, elle
s'appuyait de la main droite à un cordage sus-
pendu au-dessus de sa tête ; ses tresses blondes et son mouchoir rouge, tordus ensemble
par la brise, flottaient bien loin derrière elle ;
sa taille, emprisonnée dans son éternel justaucorps bleu, se dessinait sur l'horizon lumi-
neux, et suivait avec des balancements affectés
les ondulations de la lame. Le vent soufflant du
large apportait jusqu'au rivage ses éclats de
rire et les intonations aiguës et cadencées de sa
voix. A deux pas d'elle, Ambroise ramait avec
ardeur. Ses grands cheveux bruns rejetés en
arrière laissaient à découvert son front magnifique. Ses traits fins et mobiles, animés par
l'action et frappés en plein par le soleil, res-
plendissaient d'énergie, de fierté et de force.
Qui aurait pu le supposer ? les yeux de ce noble, de ce brillant Ambroise n'avaient pour la
pêcheuse de crabes que des sourires d'admiration. L'inqualifiable sympathie de certains
hommes pour ces créatures sans intelligence
et sans éducation sera toujours pour moi un
problème insoluble.

Ce n'était point encore assez d'extravagance. La jetée se trouvait en ce moment complètement à découvert, et la côte est si plate que la pirogue dut s'arrêter à dix mètres au moins du sable sec. Sans tenir compte des nombreux spectateurs rassemblés sur la jetée pour assister à son débarquement, Ambroise, finement chaussé de bottines d'été, entra dans l'eau jusqu'à la cheville et prit entre ses bras, pour la porter au delà des galets, la fille adoptive de la mère Pignerelle. La petite paysanne aux jambes nues accepta ces prévenances avec un aplomb de duchesse. A peine si elle daigna, en mettant pied à terre, adresser à M. Sivignac un sourire et un « merci, monsieur » bien leste.

Cette impudence ne resta pas sans punition. Dès que la Sylvie essaya de se mêler à leurs groupes, les jeunes paysannes se dispersèrent avec des signes non équivoques de mépris. La pêcheuse de crabes tint bon d'abord ; elle passa la tête haute au milieu de ses compagnes; vint s'asseoir, à quelques pas de moi, sur un fragment de rocher, et promena dans toutes les directions des regards souriants et résolus. Puis, comme si une pensée soudaine eût fait

évanouir son audace, elle cacha sa tête entre
ses mains et éclata en sanglots.

Ambroise, qui avait dû s'occuper d'amarrer
la pirogue aux anneaux de fer de la jetée, s'ap-
procha en ce moment de moi, toujours insou-
ciant et joyeux :

« Eh bien! s'écria-t-il en me tendant la
main, vous repentez-vous de vos terreurs?

— Je ne vous étais guère nécessaire, je crois,
répondis-je avec un peu d'amertume dans l'accent.

— D'ordinaire vous êtes plus aimable que
cela, » repartit Ambroise sans paraître comprendre le sens de mes paroles.

« Où est la Sylvie? ajouta-t-il en explorant
le rivage du regard. Pourquoi donc pleure-
t-elle? poursuivit-il avec surprise, dès qu'il
aperçut la prétendue sœur d'Haydée.

— Vous ne le devinez pas? » et je montrai
de la main à Ambroise les nombreux spectateurs dont les yeux curieux et malveillants
se fixaient alternativement sur lui et sur la
Sylvie.

— Que veulent ces gens-là?

— Ils cherchent à s'expliquer votre prome-

nade en tête à tête avec leur marchande de crevettes. »

Ambroise haussa dédaigneusement les épaules, et fit un pas vers la Sylvie.

« Vous avez donc juré de la perdre ? » dis-je
en l'arrêtant d'un geste.

Une lueur de bon sens sembla traverser l'esprit d'Ambroise ; l'expression de sa physionomie changea subitement·

« Vous qui le pouvez sans inconvénient,
murmura-t-il avec tristesse, allez au moins lui
dire quelques bonnes paroles. »

Je n'osai me refuser à ce désir. La Sylvie
me raconta qu'elle devait entrer, le lendemain,
comme femme de chambre, chez Mme de
Breuille, situation qui semblait étrangement
lui sourire.

« La dame est si belle et si bonne, et sa maison est si jolie ! » répétait-elle avec des redou-
blements de désespoir.

La porte du cottage pouvait se fermer à
jamais pour la Sylvie si quelqu'une de ses
compagnes bavardait. Tout en tentant de faire
comprendre à la pêcheuse de crabes l'incon-
venance inouïe de sa conduite, je lui promis

d'intervenir en sa faveur si le bruit de son es-
capade arrivait aux oreilles de Mme de Breuille.

Subitement consolée, la Sylvie s'essuya les
yeux, et se mit à courir de toutes ses jambes
dans la direction de Veules. Nous reprîmes,
Ambroise et moi, la route de Blaville. Ambroise, à qui je rapportai les discours de Sylvie, se laissa peu à peu envahir par une morne
tristesse.

« A quoi sert de faire la lumière dans notre
esprit ? s'écria-t-il tout à coup après un long
silence ; de reconnaître nos tendances mauvaises, de les condamner, de les maudire, si
nous n'acquérons pas en même temps la force
de les vaincre ?... A Veules !... Après les six
derniers mois !... Agir comme je viens de le
faire !.. » ajouta-t-il d'une voix plus basse et
comme se parlant à lui-même. « Mais pardon,
Clarisse, vous devez me croire fou, » reprit-il
en se tournant vers moi.

Ma colère céda bien vite devant de tels témoignages de repentir.

« Si vous le voulez, dis-je au moment où
nous arrivions à Blaville, nous irons rendre
visite demain soir à Mme de Breuille, et nous

y apprendrons des nouvelles de la pêcheuse
de crabes.

— Demain soir! Non, répondit vivement
Ambroise. Cette impatience pourrait, il me
semble, compliquer fâcheusement les affaires
de Sylvie. Qu'en pensez-vous? ajouta-t-il avec
un tout autre accent.

— Vous devez avoir raison, répliquai-je.

— Je vous ai fait de la peine, aujourd'hui;
pardonnez-le-moi, » reprit Ambroise en me
tendant la main.

Oh! oui; je lui ai tout pardonné.... Sans
cette sotte aventure, saurais-je combien il
craint de me déplaire?

V

Certaines théories, exprimées d'une manière générale par M. Sivignac et entièrement nouvelles pour moi, m'ont fait pénétrer bien plus avant que je n'aurais osé l'espérer dans l'âme et dans l'existence d'Ambroise.

Autant que je l'ai compris, M. Sivignac, tout en attribuant à la race, à la famille d'où nous sortons, une influence immense sur nos facultés intellectuelles, sur nos sentiments, sur nos instincts, accorde une importance bien plus considérable encore dans notre développement général, aux circonstances d'éducation et de milieu.

« Bien heureux les gens chez lesquels ces deux sortes d'éléments sont de même nature, ont une même tendance, m'a souvent répété

6

M. Sivignac. Mon père, ajoutait-il, était de
ceux-là; aussi, quelle harmonie, quel charme
dans sa personne! Si, par entraînement, em-
porté par quelque élan d'enthousiasme, il
s'écartait des règles convenues, ses erreurs,
j'en suis certain, se réparaient d'elles-mêmes.
Qui eût songé d'ailleurs à les lui reprocher?
Mes souvenirs d'enfance me le montrent si
bon, si souriant, de si bonne foi envers lui-
même, si indulgent pour tous!... Mais moi,
poursuivait Ambroise avec tristesse, moi que
mes études, mon entourage, le siècle auquel
j'appartiens, ont fait méditatif, sérieux dans
mes goûts, exclusif dans mes affections, pourquoi faut-il que j'aie hérité de certaines tendances paternelles ? Elles ne peuvent, chez moi,
qu'être nuisibles en toute occasion, faire souffrir
les autres et ruiner mon propre bonheur ! »

Ne dois-je pas faire une large part aux regrets de son imprudente conduite du dernier
dimanche, dans ce jugement porté par Ambroise sur lui-même? Le contraste d'une volonté forte et du plus naïf abandon, l'association d'un esprit grave, profond, chercheur,
avec une imagination riche et mobile, un cœur

vraiment bon et aimant, ne font-ils pas au
contraire le charme tout-puissant d'Ambroise,
sa supériorité sur les autres hommes? Et moi,
fille d'un professeur de chimie, nièce d'un
algébriste, moi née mathématicienne, nourrie
exclusivement d'abstractions métaphysiques
et scientifiques, de quels affreux défauts, de
quelles infirmités morales (peut-être encore
ignorées de moi) ne dois-je pas rendre responsable ce terrible concours de circonstances? Ce
sont du moins, sans aucun doute, ces condi-
tions fatales de naissance et d'éducation qu'il
me faut accuser de mon infériorité physique, de
mon manque absolu de grâce, d'élégance; c'est
à elles que je dois d'être si éloignée de la per-
fection féminine qu'Ambroise a le droit d'exiger
chez la femme qu'il aimera :

Ces entretiens m'avaient fait complétement
oublier l'incident de la pirogue; mais il n'en
était sans doute pas de même pour M. Sivignac.
Sa tristesse ne se dissipait pas. De temps à
autre, pendant les journées qui suivirent la
promenade en mer, il me quittait pour aller se
promener à grands pas dans le bois de châtaigniers.

« Irons-nous ce soir rendre visite à Mme de
Breuille ? » me dit-il jeudi, après le dîner,
avec une sorte d'hésitation.

Un quart d'heure plus tard, nous quittions
Blaville, accompagnés d'Hector.

Ce fut la Sylvie qui nous ouvrit la porte du
cottage. J'avoue qu'elle me sembla presque
belle en ce moment, tant son visage rayonnait
de bonheur.

« Ces deux dames sont allées se promener
bien loin avec monsieur ; il n'y a que moi et
Monique la cuisinière à la maison, dit-elle avec
son imperturbable assurance.

— Nous attendrons Mme de Breuille, répondis-je.... Quelle peut donc être cette seconde
dame dont parle Sylvie ? ajoutai-je en m'adressant à Hector.

— Cela m'est fort égal, » répliqua mon
cousin.

Nous gravîmes une allée bordée de pattes
d'alouettes, pour aller nous asseoir sous une
sorte de berceau abrité par des acacias et adossé
à la montagne. Le paysage qui s'étendait devant nous était vraiment remarquable.

Veules se cache au fond d'une fissure de la

falaise, la montagne semble avoir été divisée
d'un seul coup, tant la coupure est nette et
abrupte. A droite et à gauche du village, les
maisons s'appuient contre une muraille de
craie. Un gros ruisseau, qui traverse la gorge
dans sa longueur, y entretient une magnifique
verdure et vient se jeter dans la mer, au pied
du cottage de Mme de Breuille, après avoir
mis en mouvement, sur son passage, les
roues de deux ou trois moulins, et avoir ali-
menté de vastes cressonnières, les merveilles
de l'endroit.

C'est en pleine plage, au milieu des galets,
que s'élèvent les premières maisons de Veules ;
les dernières sont abritées par d'épais bouquets
d'arbres, dont les racines trempent dans l'eau
douce, et sous lesquels s'abrite une luxuriante
végétation de mousses, de reines des prés
et de myosotis. On aperçoit distinctement
tout cela de la partie haute du jardin de
Mme de Breuille. Ce jardin est comme sus-
pendu à l'entrée de la fissure de la falaise.
Le premier étage de la maison d'habitation,
du côté du village, devient un rez-de-chaussée,
à quelques mètres de distance, du côté de la

montagne. Un petit mur en pierres sèches,
dont l'angle touche la plage, soutient, à l'extrémité basse du jardin, la terre végétale, et
borde le sentier sablonneux que doivent suivre
les baigneurs pour se rendre aux cabanes. A
l'autre extrêmité du jardin, les plantations
d'arbres sont protégées contre les vents du
nord, par la montagne qui se dresse à
pic. Derrière une haie vive, seule défense
des plates-bandes de fleurs contre la dent
des chèvres, on voit ces jolies bêtes brouter
librement les hautes herbes, mêlées de scabieuses sauvages, dont, jusqu'à l'extrême bord,
la crête de la falaise est revêtue. En face du
cottage, la côte échancrée permet à l'œil de
suivre les lignes monotones de la haute muraille de craie jaunâtre, rayée de noir par des
couches de silex, qui, le pied enfoncé dans les
galets, s'avance vers Saint-Valéry. Enfin, en-
veloppant la terre de ses longues vagues ver-
dâtres, la mer, la rude mer de la Manche,
écrase tous ces détails de son immensité.

Un quart d'heure s'était passé à peine, lorsque la clochette de la porte d'entrée retentit à
toute volée. Un petit garçon de sept à huit ans

entra en courant dans le jardin. Mme de
Breuille et Eugène Nantier le suivaient de près.
Puis, parut une jeune femme vêtue d'un
peignoir blanc, orné de rubans lilas et noirs,
qui indiquaient une intention de demi-deuil.
Je songeais si peu à Laurence, à mon ancienne
victime, à mon ancienne rivale, qu'au moment
même où elle me tendit la main, je ne l'avais
pas encore reconnue.

La revêche Agathe elle-même n'oserait plus
nier aujourd'hui la beauté de Mme de Rouallec.
L'éclat intense de ses yeux bleus, la blancheur
rosée de son teint, disent clairement que ses
trois années de veuvage (M. de Rouallec est
mort la même année que mon oncle Le Berquet) ne se sont pas écoulées dans les larmes.

J'observai attentivement l'effet produit sur la
physionomie d'Ambroise par l'apparition de
Laurence. A ma grande surprise, il ne parut
aucunement frappé de la beauté vraiment
splendide de la veuve de Sylvestre. Je soup-
çonnai un instant que cette indifférence pouvait être calculée, qu'Ambroise connaissait de
longue date la belle Laurence.

« Est-ce que c'est mon ami du portrait d'or?

s'écria tout à coup le petit Laurent, qui se précipita vers sa mère, tout en tenant ses grands yeux attachés sur Ambroise.

— Tu rêves, mon pauvre enfant! » répliqua Laurence d'un ton parfaitement naturel. Et elle couvrit de baisers les boucles blondes qui voilaient à demi le front de son fils.

Laurent se dégagea en hâte des bras de sa mère pour s'élancer vers son ballon rose, qu'Antar, le lévrier persan d'Eugène Nantier, entraînait au beau milieu d'une plate-bande d'œillets; l'enfant ne s'occupa plus d'Ambroise.

M. Sivignac, qui causait avec Mme de Breuille, ne sembla même pas remarquer cet incident, et l'attention des habitants de Veules se reporta sur la Sylvie, rapidement accourue de la maison pour arracher le ballon rose des pattes du lévrier. Mme de Breuille, Eugène Nantier, Laurence, s'accordèrent à trouver cette petite fille extraordinairement jolie, gracieuse, originale. L'histoire de sa naissance fut discutée, et tous prétendirent que la légende en circulation à Veules devait se rapprocher beaucoup de la vérité.

« C'est justement le type qu'il me faut, dit Eugène Nantier; le portrait de la Sylvie sera au prochain salon. »

Mme de Breuille voulait nous retenir à dîner. Bien que la mère adoptive de Laurence n'eût jamais semblé se rappeler mon espionnage de la mansarde, c'était la première fois, depuis que nous nous trouvions voisins de campagne, qu'elle m'honorait d'une invitation aussi intime. Je ne jugeai pas convenable d'accepter pour ce jour-là; mais ses instances furent si pressantes, que je dus m'engager à venir passer à Veules, avec Hector et Ambroise, l'après-midi du dimanche suivant.

Pendant le retour du cottage à Blaville, Ambroise se montra plus aimable, plus rempli d'attentions et de prévenances qu'il ne l'avait encore été envers moi. Deux ou trois fois, je prononçai à dessein le nom de Laurence. Un éloge banal de son évidente beauté, éloge qui semblait arraché à Ambroise par mes interrogations plutôt que par l'enthousiasme, acheva de me rassurer.

La journée de dimanche s'est d'ailleurs admirablement passée, à part un curieux inci-

dent domestique qui m'a édifiée sur le bonheur
intime de l'épouse d'Eugène Nantier. Lors de
notre arrivée au cottage, Laurence, qui venait
de sortir du bain, s'habillait dans sa chambre;
Ambroise et Hector se dirigèrent bientôt vers la
plage, et je suivis la maîtresse du logis dans la
salle à manger, où elle voulait achever de
préparer les fleurs et les fruits du dessert.

Cette pièce, beaucoup plus longue que large,
forme une sorte de galerie séparée en deux par-
ties égales par un grand rideau en percale verte.
Derrière ce rideau se trouve l'atelier d'Eugène
Nantier. Une assez forte brise, qui pénétrait
dans la galerie par les quatre fenêtres ouvertes,
écartait de temps à autre les plis de la percale.
On apercevait alors le peintre et son modèle.
Selon sa coutume, Eugène Nantier portait un
costume de fantaisie rappelant plus ou moins les
types du seizième siècle; quant à la Sylvie, qu'on
entrevoyait à demi étendue sur un tapis turc,
en face du chevalet, elle me parut décidément
jolie. La nuance éclatante de ses vêtements, sa
coiffure napolitaine, donnaient un éclat extra-
ordinaire à sa physionomie.

Une paysanne normande nommée Monique,

sortie depuis peu de son village, m'aidait à
élever des pyramides de fraises et de groseilles,
pendant que Mme de Breuille remplissait de
fleurs une magnifique corbeille en porcelaine
de Saxe. Chaque fois qu'une bouffée de vent
emportant au loin le rideau, laissait le fond de
la galerie à découvert, Monique lançait sur la
Sylvie des regards indignés. Le gracieux costume italien de la pêcheuse de crabes n'était
sans aucun doute pour ses yeux villageois
qu'un impie travestissement de carnaval.

Tout à coup Mme de Breuille tressaillit; les
lourds ciseaux dont elle se servait pour égaliser
les pieds d'une botte de roses blanches, s'échappèrent de ses mains, et brisèrent l'une des anses
de la corbeille de Saxe. Mes regards plongèrent
avidement dans l'atelier, et je crus voir Eugène
Nantier agenouillé devant son modèle. Les plis
de la percale s'étaient déjà refermés, et la mère
adoptive de Laurence avait repris en apparence
sa sérénité habituelle. La tête penchée sur la
table de chêne, elle rassemblait avec soin les
débris de la porcelaine précieuse, tout en se
reprochant à voix bien haute son insigne
maladresse. Mais la cuisinière, placée en arrière

de sa maîtresse, haussait les épaules avec une
pitié moitié attendrie, moitié méprisante. Elle
aussi avait vu.

Le repas n'en a pas moins été très-gai; Hector, placé auprès de Laurence, l'ayant trouvée
disposée à critiquer les dernières productions
de deux ou trois auteurs à la mode, s'est montré plein de verve moqueuse, ce qu'il est presque toujours, quand l'humiliation de ses ri-
vaux imaginaires satisfait, à défaut de louanges
directes, son amour-propre. Ambroise a com-
battu victorieusement les paradoxes d'Hector,
et Mme de Breuille, dont l'aisance et le tact
exquis m'ont frappée pour la première fois, a
dirigé si habilement la conversation qu'Eugène
lui-même a pu trouver l'occasion de faire
preuve d'érudition et d'esprit.

Une pensée m'a tenue éveillée jusqu'au jour:
Ambroise ne s'étonnera-t-il pas de nous voir,
mon cousin et moi, accepter les dîners de
Mme de Breuille sans songer à les lui rendre?
Pourquoi sommes-nous restés volontairement
en dehors de tous les devoirs sociaux? Je ne
puis me l'expliquer... Mais tout me manque
pour recevoir convenablement Mme de Breuille.

Avec mes robes de laine d'une couleur terne, toujours les mêmes en juillet et en décembre, quelle figure ferais-je dans mon rôle de maîtresse de maison? Combien faudrait-il de temps pour faire venir de Rouen une de ces toilettes en mousseline blanche qui rendent Mme de Breuille et Laurence si attrayantes et si jeunes?...

VI

Il a eu lieu hier, ce fameux dîner! Je me suis heureusement rappelé qu'à l'époque où nous avons pris, mon cousin et moi, possession de Blaville, j'avais entrevu, dans une mansarde, les débris d'un service en porcelaine de Chine. Ces débris, dont je ne m'étais guère préoccupée alors, consistaient en une douzaine d'assiettes, quatre plats et quatorze tasses. Au fond de la mansarde, sous un amas de robes fanées, de fausses fleurs, d'oripeaux de toute sorte, se trouvait en outre une pièce entière de la plus nuageuse mousseline de l'Inde.

On plaisantait souvent ma pauvre tante sur ses achats incessants d'objets dont elle n'avait que faire, et qui passaient immédiatement de l'étalage des marchands dans son grenier. Les manies ont parfois du bon. Mes hésitations se sont évanouies devant cette trouvaille, et le fils de notre jardinier partait, quelques heures plus tard, pour Veules, chargé d'une invitation à dîner. Aidée par une couturière du pays, je me suis confectionné en une journée, avec la mousseline de l'Inde, la plus jolie toilette, la seule jolie toilette, devrais-je dire, que j'aie revêtue de ma vie. Les compliments d'Ambroise étaient sincères hier... J'étais éblouissante, rayonnante, m'a-t-il répété plusieurs fois en me voyant paraître dans le jardin; Ambroise avait bien voulu la veille me donner des conseils au sujet de mon dîner; il m'a aidée de ses mains à orner la salle à manger. Pendant toute une matinée nous avions fureté, comme deux écoliers en vacances, dans les recoins des mansardes et du grenier, espérant y rencontrer un mobilier complet, peut-être même quelque trésor, disions-nous en riant aux éclats. En définive, notre butin s'est réduit à cinq ou six nattes de l'Inde et à deux candélabres dorés; mais tout cela a fait merveille, et la mesquine salle à manger s'est transformée bientôt, grâce

aux nattes, aux candélabres et à quelques
massifs de fleurs, en une brillante salle de
festin.

Hier enfin, vers quatre heures de l'après-
midi, Mme de Breuille, son mari, Laurence et
le petit Laurent ont doublé le coin du grand
champ. La Sylvie les suivait, chargée de châles
et de parapluies, précaution assez justifiée par
l'aspect nébuleux du ciel.

Bien qu'ils passent, depuis trois années, les
étés à Veules, nos voisins ne connaissaient
pas Blaville. Nous avons consacré les deux
heures qui nous séparaient du dîner à parcourir
les bois, les prairies, les champs. Les jouissances que peut procurer la propriété m'ont été
révélées pour la première fois, quand mes hôtes
se sont mis à vanter devant Ambroise l'étendue, la situation, la fertilité des terres dont je
suis, pour la moitié du moins, dame et souveraine. A quelques instants de là, j'ai trouvé
plus de bonheur encore à présider le dîner.
Comment ai-je pu mépriser volontairement
jusqu'ici ces succès intimes, dédaigner comme
indigne de moi le rôle de maîtresse de maison ?... Une préoccupation douloureuse ne tarda

pas cependant à m'envahir tout entière. On venait à peine d'enlever le premier service, qu'une
pluie fine, serrée, régulière, commença de tomber. Le jardin est le seul lieu de réception possible à Blaville. Où passer la soirée, si le beau
temps faisait défaut à mon programme?

Nous nous levâmes de table vers sept heures
et demie. L'eau des gouttières s'épandant librement sur la terre jaune de la terrasse, avait
déjà changé en marécage le devant de la maison. Il fallut bien me résigner à introduire mes
convives dans le *salon*. Cinq ou six chaises
traînaient le long des murailles. On les rapprocha des croisées ouvertes et, pour distraction, nous regardâmes tomber la pluie. Au bout
d'un quart d'heure, je lisais sur tous les visages
le plus intolérable ennui. Je souffrais moi-
même le martyre. Ambroise se dit sans doute,
pensai-je, qu'il faut ne rien savoir du monde
pour attirer ses amis dans un pareil guet-apens.
Chez elle, Mme du Breuille serait assise sur de
moelleux divans; Eugène feuilleterait à ses
côtés de splendides albums, et la belle Laurence
déchiffrerait quelqu'une de ces partitions alle-
mandes qu'Ambroise admire tant. Ici, ni

7

albums, ni pianos, ni divans; pas même une
chaise bien solide sur ses quatre pieds. De
vulgaires incidents achevèrent de m'accabler.
Le vent ayant changé subitement de direction,
des torrents de pluie inondèrent la croisée
devant laquelle nous étions groupés. Mme de
Breuille, qui se trouvait la plus exposée, se
leva d'un mouvement rapide et tenta de fermer
la fenêtre; mais les gonds rouillés résistèrent,
non-seulement à sa main débile, mais au
vigoureux poignet d'Eugène Nantier. Il fallut
transporter les chaises de l'autre côté du salon.
Ce déménagement nous plaçait juste en face de
la porte principale. Laurence se plaignit alors
d'un courant d'air, et pria Ambroise de fermer
la porte entr'ouverte. Le bois, gonflé par l'humidité, ne permettait plus au loquet de jouer;
dix minutes d'efforts furent nécessaires pour
rapprocher les deux battants, et pour faire
tourner la clef dans l'énorme serrure dont le
loquet est surmonté. Hector n'entendait ni ne
voyait absolument rien de tout cela. Pendant
que je pâlissais de honte et d'impatience, mon
cousin planait au ciel. Les bras croisés sur la
poitrine, il arpentait à grands pas le salon

dans sa longueur, en se récitant à lui-même, en récitantà ses contemporains, à la postérité, ses poétiques élucubrations. L'idée lui vint de nous les réciter aussi à nous. J'acceptai : c'était une diversion telle quelle.

Hector se tenait déjà debout, les mains remplies de paperasses, au milieu de notre groupe.

« Attendez, je vous prie, une seconde, dit Laurence au moment où le poëte allait ouvrir la bouche. Je désirerais savoir ce que devient mon fils. »

Elle traversa le salon pour aller s'accouder sur l'appui de cette même croisée qu'inondait tout à l'heure la pluie. Je l'eus bientôt rejointe. Dans une sorte de grange remplie de foin et dont les portes se trouvaient toutes grandes ouvertes, nous aperçûmes Laurent en compagnie des six enfants du fermier. Le ballon rouge passait de main en main à la grande joie des petits paysans. Laurence vint se rasseoir tout à fait tranquillisée, et la lecture commença. Si ce n'est le beuglement mélancolique des vaches qu'on ramenait à l'étable, rien ne troubla, pendant près de dix minutes, la déclamation d'Hector. Tout à

coup des cris d'enfant, aigus, perçants, éclatèrent. Ce fut, dans le salon, une confusion
horrible.

« Mon fils! mon fils! » criait Laurence, folle
de désespoir, en s'élançant vers la porte.

La clef rouillée résistait. Au même instant Eugène Nantier sautait par la fenêtre dans la cour.
Cette fenêtre se trouve à dix pieds au moins
du sol. Dès le premier cri de Laurence, ma
tête s'était perdue; je ne me rendis compte
de ce qui venait de se passer qu'au moment
où Eugène cria de toute sa voix : « Voici
Laurent. » Il s'avança près de la fenêtre
tenant l'enfant pâle et tremblant entre ses
bras. Le jardinier et le fermier saisissaient,
l'un par la corde, l'autre par les cornes, une
de nos vaches. Les lambeaux du ballon rouge
épars sur le sol m'expliquèrent l'événement.
Sans doute, le petit Laurent avait cru charmer
les bêtes autant que leurs gardiens en faisant
voltiger son joujou devant elles.

Grâce à Ambroise, la porte s'était enfin ouverte. Nous nous précipitâmes, Laurence en
tête, hors de la maison. Au milieu des pleurs,
des remercîments, des explications confuses,

je remarquai la première que la manche déchirée de la redingote du peintre laissait voir
une chemise tachée de sang. Eugène affirmait
qu'il ne ressentait aucune douleur; mais son
bras, longuement examiné par Ambroise,
portait, outre des meurtrissures nombreuses,
une écorchure vaste et profonde.

S'était-il blessé en tombant? La vache l'a-
vait-elle frappé de son pied ou de sa corne
au moment où il relevait le petit Laurent? Lui-
même n'en savait rien.

Ambroise eut la présence d'esprit d'échanger
sa redingote contre celle d'Eugène avant de le
reconduire au salon, où devait être restée
Mme de Breuille, complétement oubliée dans le
premier moment de terreur, et que chacun s'é-
tonnait maintenant de ne pas voir parmi nous.
Nous trouvâmes la pauvre femme à demi éva-
nouie. Tandis que son mari, Laurence, Ambroise s'empressaient autour d'elle, je m'a-
perçus avec surprise que mon cousin Hector
n'avait pas non plus quitté la maison. Dans le
même angle du salon, avec les mêmes gestes,
la même extase poétique, il poursuivait paisiblement sa promenade. Je n'eus guère le loisir

d'appesantir ma pensée sur ce trait de caractère, car Mme de Breuille était à peine remise,
qu'on parla de retourner à Veules. Sans nous
être concertés, nous nous disposâmes, Ambroise et moi, à accompagner nos hôtes.

Cette course faite sous la pluie, les pieds
dans la boue, m'a laissé de délicieux souvenirs. Nous étions tous heureux : le petit Laurent, de l'importance que lui donnait le péril
auquel il venait d'échapper; Laurence, de voir
son fils bien portant et gai, après avoir tremblé
pour ses jours; Eugène, de sa bonne et coura-
geuse action; Ambroise et moi, du bonheur
de nos amis; la Sylvie, par imitation; mais,
plus que tous peut-être, Mme de Breuille. Elle
enveloppait Eugène de regards pleins d'amour,
et semblait nous remercier par ses sourires
des témoignages de sympathie que nous pro-
diguions à son mari.

Je ne sais trop comment s'accomplit le retour de Veules à Blaville, tant j'étais heureuse
au bras d'Ambroise. Au moment où nous ren-
trâmes dans la maison, j'avais si complétement
oublié ma vie de chaque jour, que je fus très-
surprise de retrouver Hector dans le salon.

Assis au coin de la cheminée, il relisait des manuscrits.

« Est-ce fini ? dit-il d'un ton de mauvaise humeur en nous apercevant.

— De quoi parles-tu ? répondis-je avec impatience.

— De cette histoire de vache et d'enfant.

— Le petit Laurent serait mort à cette heure sans le dévouement d'Eugène, repris-je sévèrement.

— Eugène Nantier, Laurent, la vache, que m'importe tout cela ? Un homme tel que moi a d'autres choses en tête, répliqua brutalement Hector.

— Cet Eugène que vous dédaignez vous est mille fois supérieur, il a du cœur, lui ! » dis-je avec colère, en me dirigeant vers la porte, que je repoussai violemment derrière moi dès qu'Ambroise m'eut rejointe.

« Que pensez-vous de mon cousin, de mon futur époux ? » continuai-je, pendant que nous montions ensemble l'escalier qui mène à nos chambres.

Jamais, jusque-là, je n'avais confié ce projet de mariage à Ambroise.

« Vous devez être la femme d'Hector ? » s'é-
cria-t-il. Ambroise marchait derrière moi, je
ne pouvais le voir ; mais l'accent de sa voix
me sembla indiquer une profonde émotion.

« C'est-à-dire que je devais l'être, murmurai-je.

— Ce que vous avez dit tout à l'heure est
vrai, Hector n'a pas de cœur ; vous méritez
mille fois mieux, me dit lentement Ambroise,
ne faites pas la folie de l'épouser.... Promettez-
le-moi ! » insista-t-il en serrant fortement ma
main.

Quelle était en ce moment l'expression du
visage d'Ambroise ? Je n'en sais rien.... J'avais
un voile devant les yeux, je me sentais rougir,
frissonner, défaillir. La bougie m'éclairait en
plein visage ; Ambroise pouvait lire dans mon
âme. Sans répondre un seul mot, je m'enfuis
comme une folle vers ma chambre.... Qu'aura-
t-il pensé de moi ? Qu'aura-t-il imaginé ?...
Comment oserai-je l'aborder demain matin à
l'heure du déjeuner ?... Pourquoi ai-je fui ?...
Si j'avais eu le courage de rester, de lui répondre, peut-être aurais-je entendu sortir de
sa bouche les mots que j'entends dans mon

cœur depuis plusieurs semaines et que je me
suis répétés mille fois à moi-même pendant
cette délicieuse nuit d'insomnie ? Si Ambroise
ne m'avait pas devinée, s'il ne m'aimait pas,
m'aurait-il parlé comme il l'a fait ? Être aimée
d'Ambroise !... Sa main brûle encore la
mienne....

VII

Folle ! triple folle ! Est-ce qu'on peut t'aimer, toi? As-tu les mains blanches de Laurence, ses épaules rosées, son parler mielleux et enfantin ? Sais-tu seulement enrouler avec art les tresses de tes cheveux et faire onduler comme un nuage autour de ta taille les longs plis de ta robe ? Les hommes ne demandent pas autre chose à une femme.

Quatre jours !... il y a quatre jours, seulement, je m'éveillais l'âme gonflée de bonheur. Je n'osais aborder Ambroise à l'heure du déjeuner. Il m'a serré la main avec sa bienveillance habituelle, rien de plus; mais Hector était présent. Seul avec moi, il serait tout autre ! me suis-je dit. J'ai voulu interpréter en

core, dans le sens de ma folie, la retraite absolue de M. Sivignac pendant les deux jours qui
suivirent. Il s'occupe de *notre* avenir, me di-
sais-je. J'en étais là !... Ambroise m'avait devinée, et voulait éviter les tête-à-tête embarras-
sants. Je le comprends clairement aujourd'hui.

Et moi, l'esprit perdu, le cœur bondissant
de joie, je parcourais la maison de la cave au
grenier; je méditais des changements, des
améliorations. Un palais me semblait à peine
digne d'Ambroise. Le voile qui recouvrait mes
yeux ne s'est pas encore déchiré, quand, avec
un certain embarras dans l'accent, Ambroise
m'a dit dimanche matin :

« A mon grand regret, je suis obligé de
partir pour Paris demain ou après-demain.
Ne serait-il pas convenable de faire auparavant une visite d'adieu à Mme de Breuille? »

J'ai imaginé des combinaisons impossibles
pour concilier mes rêves avec cette manière
d'agir. Une mortelle tristesse s'est pourtant
emparée peu à peu de moi pendant le trajet de
Veules à Blaville. Je m'appuyais sur le bras
d'Ambroise et je me sentais seule. Nous cau-
sions comme de coutume, et des abîmes nous

séparaient. Le chemin boisé, les falaises, la
plage n'avaient plus leurs aspects accoutumés.
Le cottage de Mme de Breuille lui-même m'a
semblé en deuil. D'ordinaire, nous y étions
accueillis par les cris joyeux de Laurent, par
les sourires de la belle Laurence et par les
éclats de rire de la Sylvie. Personne cette fois
aux croisées, personne dans le jardin.

« Mme de Breuille est encore à sa toilette, »
me dit Monique, que je dus aller relancer jusqu'au fond de sa cuisine pour savoir quelque
chose des maîtres du cottage.

Nous passâmes au moins dix minutes dans
le salon avant d'y voir arriver la maîtresse
du logis. Imperturbablement polie, Mme de
Breuille se montra cependant d'une froideur
inaccoutumée envers Ambroise. Laurence ne
paraissait pas. Ambroise, agité, inquiet, ne
conservait même pas la présence d'esprit nécessaire pour soutenir une conversation banale. Par bonheur, Eugène Nantier entra tout
joyeux dans le salon. Il venait de recevoir une
caisse de Paris contenant de belles armes de
chasse.

« Voulez-vous essayer ces armes avec moi ? »

dit-il à Ambroise, avec une impatience d'enfant.

La prompte acceptation d'Ambroise m'est aujourd'hui expliquée : espérant voir enfin Laurence, il désirait rester le plus longtemps possible à Veules.

Dès que les premiers coups de feu des chasseurs eurent retenti sur la montagne, Laurence vint nous rejoindre. Plus encore que Mme de Breuille, Mme de Rouallec semblait sous l'influence du mauvais air qui soufflait sur le cottage. Elle était pâle et silencieuse. A chaque instant la conversation tombait.

« On n'entend ni ne voit aujourd'hui la Sylvie, dis-je pour rompre un long silence.

— La Sylvie est retournée chez sa mère adoptive, » répondit Mme de Breuille d'un ton qui ne permettait pas d'autre question.

Nous passâmes dans le jardin. Laurence se mit à recueillir des graines de marguerites, et Mme de Breuille à couper les passeroses et les dahlias fanés qui déparaient son parterre. Je les suivais de massif en massif.

« Maman, cria tout à coup la voix aiguë

de Laurent, viens donc voir mon ami Ambroise, qui chasse un goëland à la nage ! »

Armé d'une longue-vue, presque aussi grande
que lui, et qu'il appuyait sur le dos du fauteuil
rustique au fond duquel il se tenait agenouillé,
le fils de Laurence suivait, avec toutes les ma-
nifestations d'une joie folle, les tentatives d'Ambroise pour s'emparer d'un pauvre oiseau
épuisé de force, qui, après de vains efforts
pour s'enlever, retombait sur l'eau, les ailes
étendues.

« Il tient le goëland ! il le tient cette fois !...
criait Laurent de toute sa voix. Non., il s'é-
chappe encore.... Comme il va loin !... On ne
le voit plus... Si, si, le voilà !... maman, viens
donc, viens ! Je ne vois plus ni l'oiseau, ni Ambroise, ni rien !... » dit l'enfant d'une voix
troublée, après un silence.

Laurence, qui jusqu'alors n'avait pas répondu aux appels de son fils, s'élança dans le
bosquet et arracha la longue-vue des mains de
Laurent.

« Il va se noyer !... Il se noie ! » cria-t-elle.

La longue-vue roula sur le sable, et Laurence se précipita hors du jardin. Terrifiées,

nous la suivîmes sur la plage, Mme de Breuille et moi.

Dix ou douze baigneuses, les unes dans l'eau, les autres accourues du fond des cabanes, à moitié vêtues, suivaient des yeux avec angoisse la scène que le petit Laurent avait exactement décrite.

Un point noir apparaissait cependant sur l'eau à l'horizon.

« Il n'y a aucun danger, il nage toujours! m'écriai-je.

— Non, non, madame, me dit à voix basse une vieille dame placée près de moi en regardant avec inquiétude du côté de Laurence, comme si elle craignait d'en être entendue; c'est son camarade que vous apercevez; lui, on ne le voit plus! Votre amie est sa *dame*, n'est-ce pas? Comme elle est pâle, la pauvre femme! » continua l'inconnue en désignant Laurence.

Je n'eus pas le temps de détromper la baigneuse.

« Il est perdu!... l'autre revient seul! » cria une jeune fille qui tenait à la main une lorgnette de spectacle.

Je tombai à genoux en criant et en pleurant.

« Ils sont deux ! » reprit la même voix d'un accent triomphant,

Bientôt, [en effet, on distingua nettement, au-dessus de l'eau, les deux têtes.

Ce fut un concert d'acclamations joyeuses.

La mer recouvrait les galets. Eugène Nantier, excellent nageur, avait aisément soutenu Ambroise en pleine mer ; mais l'eau devenant très-rare aux abords du rivage, il traînait péniblement M. Sivignac sur les pierres aiguës et tranchantes.

Enfin, Ambroise fut déposé au milieu de nous. Il tenait encore par les pattes, dans sa main crispée, la malheureuse bête qui avait failli causer sa mort. Une baigneuse lui fit respirer un flacon de sels, et il rouvrit lentement les yeux.

« Ne pleure pas, » murmura-t-il presque aussitôt d'une voix qu'on entendait à peine.

A qui cette recommandation pouvait-elle s'adresser ? J'aperçus alors Laurence agenouillée auprès du malade. Le visage de la veuve de Sylvestre était baigné de larmes ; il n'y avait pas à en douter, c'était à elle qu'avait parlé Ambroise!...

Personne ne sembla remarquer ces paroles; mais pour moi, il n'y eut plus autre chose dans l'univers. Je ne voyais plus les gens qui m'entouraient, je ne comprenais plus un mot aux exclamations tumultueuses qu'on poussait autour de moi. *Ne pleure pas !* Ces trois mots résonnaient incessamment à mes oreilles. Peut-être Ambroise s'adressait-il au petit Laurent, accouru, lui sur le rivage. Non, c'était bien cette femme qu'Ambroise regardait.

Comme ils m'avaient jouée!... A quel point j'avais été leur dupe! Combien ils avaient dû rire de moi !...

Quand il s'agit de ramener Ambroise au cottage, on s'aperçut que la plante de ses pieds avait été mise à nu par le frottement des galets. A grand'peine Eugène Nantier parvint à le conduire jusque dans son atelier, où il l'aida à endosser des vêtements secs et à panser ses blessures.

« De huit grands jours M. Sivignac ne pourra marcher; il ne faut pas que vous son-

giez à le ramener à Blaville, me dit Mme de
Breuille pendant que je me trouvais seule dans
le salon avec elle et Laurence.

— Quand il vous plaira, madame, » répondis-je avec un accent qui sembla étonner
ces deux femmes.

Il leur appartenait maintenant à ces femmes, cet Ambroise qui, deux heures auparavant, était mon hôte ; que je considérais comme
à moi !...

Sans vouloir attendre l'heure du dîner, je
repris seule le chemin de Blaville. Quel retour ! quelle soirée !... Et cependant je voulais douter encore : mes yeux, mes oreilles
avaient pu me tromper.

Vers quatre heures de la nuit, folle d'anxiété,
de rage jalouse, j'allumai une bougie et j'entrai dans la chambre occupée la veille par
Ambroise.

Ces lettres qu'il allait lui-même chercher à
Blaville, ces lettres auxquelles il répondait si
longuement, elles étaient là ! Je me précipitai
sur les papiers entassés dans les tiroirs.

Dans toutes ces lettres, dans tous ces manuscrits, fiévreusement feuilletés, je ne dé-

couvris pas un seul mot de la main d'une femme.

J'eus un moment de bonheur. Appuyée sur la fenêtre restée ouverte depuis la veille, j'aspirai longuement l'air frais de la nuit, je croyais sortir d'un mauvais rêve.

Non, la pensée de trahir la confiance d'Ambroise, de violer le secret de sa correspondance n'existait pas en ce moment dans mon esprit. Je voulais seulement découvrir quelque trace, quelque indice de l'intrigue d'Ambroise et de Laurence.... me délivrer des tortures du doute.

Une attraction irrésistible me ramena bientôt vers les papiers d'Ambroise. Entre tous, un volumineux cahier, entièrement écrit de sa main, attira mon attention. Je l'ouvris au hasard : mon nom, le nom de Le Berquet, dès la première ligne, frappa mes yeux. Que venait faire mon nom, le nom de ma famille du moins, car le titre de *madame* le précédait, dans le manuscrit d'Ambroise, au milieu d'une page écrite (la date placée en tête en faisait foi) trois années avant notre première entrevue ? Mes idées se troublèrent.... Je tournai convulsivement les pages du manuscrit, et les noms de Laurence, de M. de Rouallec m'apparurent à travers un brouillard de feu. Quelques lettres de l'écriture de Laurence se trouvaient intercalées entre les derniers feuillets du manuscrit. Je n'en pouvais douter, j'avais entre les mains le journal intime, la confession d'Ambroise; des armes terribles contre ma rivale éternelle! Avec dégoût, avec terreur, je rejetai loin de moi lettres et manuscrit, et retournai m'accouder à la fenêtre.

Je voulais fuir ces papiers, fuir cette chambre, échapper à une effroyable tentation. La lutte dura près d'une heure. J'avais la tête perdue.... N'était-ce pas mon droit, mon devoir, de pénétrer le mystère de ces existences coupables, de déchiffrer enfin l'énigme honteuse de ces âmes inférieures; n'étais-je pas leur victime? Étais-je la seule?

Avec une résolution désespérée, je saisis enfin le manuscrit et, de la première à la dernière ligne, impressions intimes, effusions du cœur, notes de l'homme d'étude, lettres de Laurence, je lus, je relus tout....

Le jour s'était levé sans que je m'en aperçusse. On allait, on venait dans la maison; de la grande allée du jardin, Hector m'appelait de toute sa voix pour le déjeuner. Il fallut me séparer de ces pages qui brûlaient mes mains, qui retenaient invinciblement mes yeux. Avant de quitter la chambre, je renfermai à double tour mon précieux trésor.

Quelques heures plus tard j'étais libre, libre jusqu'au lendemain, car mon cousin m'avait annoncé qu'il ne dînerait pas ce jour-là à Blaville.

Je les retrouvais, je les avais à moi seule, ces redoutables confidences! Elles m'appartenaient.... l'avenir et le bonheur d'Ambroise, la réputation de Laurence étaient entre mes mains!... Mais pour combien de temps?... dans quelques heures, dans quelques jours au plus, Ambroise emporterait loin d'ici son manuscrit.... Je n'aurais aucun moyen, aucune volonté même d'y mettre obstacle, j'eusse mieux aimé souffrir mille morts que de laisser soupçonner ma trahison à M. Sivignac. La pensée qu'il faudrait revoir Ambroise, lui parler de Laurence, sachant ce que je savais d'elle aujourd'hui, ayant agi comme j'agissais en ce moment envers lui, lui si confiant, si géné

reux, lui mon hôte! cette pensée me glaçait de
terreur. Pourrais - je dissimuler? Saurais-je
mentir? Que m'importait après tout? Avait-
t-il craint, lui, avaient-ils craint tous les deux,
dans l'intérêt de leurs intrigues, de se jouer
de ma crédule affection, de mon juste orgueil, du repos de mon existence? N'était-ce
point de ma part une lâcheté, un impardonnable oubli de ma dignité personnelle, que de
m'abaisser à leur niveau, au-dessous d'eux
même, en les reconnaissant pour juges de
mes actions? Je voulais le relire en entier ce
journal, non point cette fois avec l'aveugle
faiblesse, le trouble, la colère d'une femme
longtemps abusée par d'indignes mensonges et
par ses propres passions; mais avec l'impar-
tiale sévérité d'une créature noble et forte,
puisant un invincible dédain dans la certitude
d'avoir été dupe seulement de sa propre grandeur morale, grandeur qu'elle a gratuitement
supposée chez des êtres médiocres ou vils. Je
ferais plus, j'analyserais dans mon journal à
moi ces quelques années de l'existence d'Ambroise et de Laurence, je conserverais des extraits des principaux passages de leur histoire.

Ils pourraient me le reprendre ensuite, leur manuscrit, le reprendre et porter en paix leur honte, sûrs de mon méprisant silence; car, grâce à eux, ma guérison serait alors complète : le spectacle de leur abaissement aurait rendu pour moi toute rechute impossible.

VIII

Les voici, ces extraits des confidences intimes de M. Sivignac :

En tête se trouve un document curieux : c'est une épître de l'une des reines de ces merveilleuses régions mondaines si longtemps ignorées de moi. J'ai très-probablement sur Laurence le bonheur de connaître le style intime de Mme Paula de Peyrols, laquelle, après avoir évoqué d'émouvants souvenirs de voyage en Orient, invite M. Sivignac à venir la retrouver chez son beau-frère, dans un château de la Vendée. Après quelques velléités d'hésitation, quelques scrupules vivement réprimés, Ambroise quitte Paris pour Saint-Fulgent.

Les instructions très-détaillées, très-précises

de Paula sur la marche à suivre pour capter
la bienveillance de son beau-frère, sont religieusement suivies par M. Sivignac. Il devient
donc, dès son apparition dans le vieux ma-
noir, l'hôte choyé de Paula de Peyrols, et, qui
mieux est, l'ami d'Émile de Peyrols, le mari
de la belle Paula. Laissons M. Sivignac lui-
même s'expliquer sur ce dernier-point.

« Tout s'est passé, écrit-il dans son journal,
comme l'avait décidé Paula, les choses sont
exactement telles qu'elle les avait décrites; un
seul détail, soigneusement omis dans ses lettres, excepté : son mari, le capitaine de frégate
de Peyrols est ici. Ce mari, dont l'existence
me semblait problématique, est un homme de
quarante ans à peine, à la physionomie ouverte et gracieuse, aux allures franches et cor-
diales. Son intelligence, peu cultivée, je crois,
par les livres, s'est largement développée au
contact des hommes de toutes les nations du
globe et des événements si variés de l'existence
du marin. Son imagination a conservé une activité, une verdeur, son cœur une jeunesse de sentiment persévérante que j'ai déjà admirées avec
surprise chez plusieurs officiers de marine. »

Cet homme jugé si excellent, si charmant
par Ambroise lui-même, adore sa femme, raf-
fole de Blanche sa petite fille, et choisit M. Sivignac pour confident de son bonheur sans que
celui-ci semble s'en émouvoir beaucoup pendant deux longues semaines.

« Pourquoi Mme de Peyrols n'aime-t-elle
pas son mari? » se demande-t-il de temps à
autre, comme pour se mettre en règle avec sa
conscience.

Tout à coup cependant, et cela avec un remarquable à-propos, la veille d'une visite aux
plus proches voisins des Peyrols, M. et
Mme Sylvestre de Rouallec, Ambroise forme
l'héroïque résolution de fuir la Vendée. En
réalité, il se transporte tout simplement de la
rive droite à la rive gauche d'un étroit bras de
mer, du château de la belle Paula au château
de la belle Laurence.

Ici je laisse encore la parole à Ambroise.

« Quelques minutes suffirent à la légère
embarcation qui nous portait pour traverser
le bras de mer. En mettant le pied sur la jetée
de Rouallec, je me suis trouvé en face de trois
personnes inconnues, M. Sylvestre de Rouallec,

sa femme et leur parente Mme Le Berquet, la femme de l'amiral de ce nom.

« Dès le premier coup d'œil jeté sur le châtelain de Rouallec, je me formai sur son compte une opinion sommaire que les événements de la journée devaient justifier de tout point. A l'étrange conformation de son front, à son regard, à sa démarche, à son accent, je reconnus dans M. de Rouallec l'une des variétés les plus accentuées d'un type particulier à notre époque, type presque vulgaire aujourd'hui, et cependant encore innommé, tant il est difficile de le caractériser d'un seul mot.

« L'athéisme et la théologie, le libéralisme et l'absolutisme, les convictions, les doctrines les plus opposées, formaient chez l'ami des Peyrols un ensemble d'excentricités et de contrastes que j'avais rarement observé à ce degré. L'anxiété du regard, la brusquerie du geste, indiquaient chez M. de Rouallec une irritation nerveuse habituelle que la moindre contradiction devait exaspérer jusqu'à la démence. Avec tout cela je lisais une grande bonté de cœur, une inflexible droiture de caractère sur les traits amaigris de M. de Rouallec. Après cette

dernière observation, mes yeux se reportèrent
involontairement vers Mme de Rouallec. A
peine si la plus absolue nullité intellectuelle
aurait pu assurer le repos d'une épouse auprès
d'un tel mari, et les traits charmants de la jeune
femme révélaient une vive intelligence, un esprit cultivé, un caractère élevé. Nature active,
aimante et délicate, Mme de Rouallec, à en ju-
ger par quelques indices imperceptibles pour
des yeux moins exercés que les miens, subis-
sait d'incessantes tortures.

« Quant à la troisième personne inconnue,
Mme Adrienne Le Berquet, sa physionomie
pleine de sensibilité et d'ardeur, une noncha-
lance toute créole dans les mouvements, une
certaine naïveté enfantine dans les intonations,
malgré les vingt-deux ans de son fils (un jeune
enseigne de vaisseau dont le commandant de
Peyrols s'informa avec intérêt), me prévinrent
immédiatement en sa faveur. Je crus d'abord
comprendre que des liens d'étroite parenté
unissaient Mme Le Berquet à la famille de
Rouallec; plus tard j'appris que Mme de Rouallec étant non pas la fille, mais seulement la
belle-fille du frère de l'amiral (frère ayant laissé

un nom dans les sciences mathématiques) le titre de tante donné par la jeune femme à Mme Le Berquet, n'indiquait rien de plus qu'une affectueuse intimité. »

En si belle voie, l'enthousiasme d'Ambroise ne s'arrête plus. On lui fait traverser des champs, des prairies, un jardin, des cours de ferme accusant la plus déplorable incurie; on l'introduit dans un salon délabré, mal meublé, mal tenu. Il rend un instant Mme de Rouallec responsable de ce désordre. « Comment une femme aussi belle, aussi distinguée, ne sait-elle pas faire respecter ses droits au gouvernement de son intérieur? » Un incident domestique, relaté par Ambroise dans ses moindres détails, ne tarde pas à innocenter Laurence. M. de Rouallec présente son fils à ses hôtes; le petit Laurent, alors âgé de trois ans, s'en va bientôt courir sur la terrasse parmi des massifs de lavande avoisinant des ruches d'abeilles. Laurence s'élance tout à coup hors du salon en poussant un cri d'effroi, elle arrive juste à temps pour empêcher son fils de fourrer sa main dans l'ouverture d'une ruche. Laissons raconter par Ambroise cette scène de la vie

intime de Rouallec. « Contrarié dans son en-
treprise, l'enfant criait et pleurait. M. de Rouallec se précipita vers sa femme, la repoussa avec
une vivacité inouïe et se saisit de Laurent. Les
yeux enflammés, les joues livides, hors de lui,
le châtelain semblait avoir complétement oublié notre présence. « Absurdes préjugés!
« odieux système! Pauvre, pauvre martyr!
« criait-il en serrant convulsivement son fils
« entre ses bras. Toujours, en tout, torturé,
« persécuté par *elle*! »

« Le regard, le geste de M. de Rouallec ne
laissaient aucun doute. *Elle*, c'était la mère de
son enfant.

« Comme si la pauvre femme eût craint
que sa vue, que sa voix seule n'exaltât encore
davantage son mari, elle se tenait immobile
et muette derrière Mme Le Berquet. Elle s'en-
hardit enfin jusqu'à cueillir quelques scabieuses qu'elle offrit à Laurent. A la vue des
fleurs, l'enfant oubliant son caprice, se prit à
sourire et voulut être déposé à terre. M. de
Rouallec fit faire deux ou trois pas à son fils
sans lui lâcher la main, l'embrassa tendrement, puis revint au milieu de nous et renoua

la conversation commencée au salon comme si rien d'anormal ne l'avait interrompue. »

Voilà bien les orages conjugaux que m'avaient fait prédire les discussions des deux fiancés rue Saint-Jacques.

Pendant le retour à Saint-Fulgent, dans le bateau même, Mme de Peyrols, à qui l'enthousiasme d'Ambroise pour Laurence n'a sans doute pas échappé, décoche quelques traits spirituels contre Mme de Rouallec. Réprimande affectueuse du commandant, indignation muette d'Ambroise.

Avec une parfaite naïveté, M. Sivignac inscrit dans son journal les impressions suivantes.

« L'avouerai-je ? en ce moment, l'image de Mme de Rouallec effaçait presque complétement dans mon imagination celle de Mme de Peyrols. Voir cette femme si richement douée pour le bonheur, si belle, si intelligente, si naturellement expansive et si raffinée à la fois par les habitudes de l'existence parisienne, voir une telle femme opprimée, torturée par un rêveur frénétique, n'était-ce pas fait pour troubler l'âme ? Quelle simplicité dans les manières de Mme de

Rouallec! quelle grandeur dans son calme ré-
signé! Aucune affectation de dévouement pour
son mari ou de tendresse exagérée pour son
enfant, la vie acceptée comme un devoir après
des luttes cruelles, la résolution de se conser-
ver forte, robuste de corps et d'esprit, pour
diriger et protéger son fils : voilà ce qu'on
lit sur ses traits mobiles et purs, dans ses
yeux bleus, mystérieux et splendides, qui, au
lieu des résolutions austères, auraient dû re-
fléter les enivrements de l'existence, les joies
infinies de l'amour. De quoi Mme de Rouallec
vivait-elle moralement depuis quatre années?
Que regrettait-elle dans cet étroit enclos? A
quoi rêvait-elle chaque soir sous les châtaigniers touffus qui l'ensevelissaient dans l'ombre en ce moment? »

Les destins ne pouvaient manquer de venir en
aide à une adoration si subite et si absolue.

Poursuivant sa fantaisie de la veille, fantaisie
excitée encore, suppose Ambroise, par l'appa-
rente approbation de M. de Rouallec, le petit
Laurent se glisse seul, au point du jour, sur la
terrasse, et saisit à pleines mains les abeilles
amoncelées à l'entrée de la plus grande ruche.

Cent piqûres, dont quelques-unes assez dangereuses sur les yeux, punissent l'imprudent enfant. Le plus prochain bourg étant à une lieue de Rouallec, Laurence réclame pour son fils les soins de M. Sivignac. Ambroise ne peut abandonner, après un premier pansement, des parents dévorés d'inquiétude. Il s'installe donc à Rouallec sans trop se soucier de la colère de Paula, à laquelle il n'adresse aucune explication particulière sur son absence, « son imagination ne lui fournissant aucun moyen d'écrire directement à Mme de Peyrols sans lui faire courir quelque risque. »

L'imagination d'Ambroise était certainement plus inventive en Orient.

Passant ses journées entre M. de Rouallec et Laurence, Ambroise, malgré une exaltation amoureuse sans cesse croissante, n'en poursuit pas moins, en vrai médecin, ses premières observations sur l'état intellectuel de l'ancien habitué de la rue Saint-Jacques.

« Le grand-père de M. de Rouallec, écrit-il dans son journal, est monté sur l'échafaud pour avoir fait célébrer la messe de Noël, dans son château, en pleine Terreur. Le père de M. de

9

Rouallec a vécu, est mort en fervent catholique. Familiarisé par son éducation parisienne avec les théories philosophiques modernes, entraîné par l'irrésistible courant qui pousse les hommes de notre époque à discuter les antiques solutions théologiques, mais tout aussi dominé que ses aïeux par le besoin de vénération religieuse, le mari de Laurence fut l'un des plus fervents adeptes des nouveaux dogmes prêchés de 1830 à 1848. Ame flottante entre l'Encyclopédie et Joseph de Maistre, il s'efforça longtemps, comme bien d'autres, d'expliquer l'Apocalypse par l'algèbre, comme bien d'autres aussi, après de nombreuses fluctuations intellectuelles, qui le ramenèrent par intervalles au pied des autels catholiques, il s'est définitivement retranché dans une sorte de mysticisme scientifique où les utopies humanitaires les plus paradoxales, les dogmes des *spirites*, les hypothèses des magnétiseurs tiennent une large place.

« Je n'ai cependant constaté jusqu'ici aucun symptôme de dérangement mental chez le mari de Mme de Rouallec. L'extrême ardeur de ses aspirations vers l'avenir, ardeur qui le

rend insensible à tout progrès actuellement réa-
lisé, ne saurait être qualifiée de démence, et
bien des causes expliquent ses transports per-
pétuels de fureur. En première ligne viennent,
selon moi, les luttes acharnées que se livrent
dans son âme des tendances absolument con-
tradictoires ; exposé à voir ses dogmes bien-
aimés impitoyablement tournés en ridicule par
les sots, et plus ou moins énergiquement re-
poussés par les interlocuteurs intelligents,
M. de Rouallec, intellectuellement, reste toujours armé de pied en cap : le moindre incident, un mot dit au hasard lui deviennent
occasion de guerroyer à outrance.

« Tout me semble donc logique, explicable,
et même, dans une certaine mesure, grandiose
et sympathique, chez le châtelain de Rouallec;
mais combien Laurence est à plaindre ! Une
épouse vulgaire eût, sans aucun doute, jugé
M. de Rouallec insensé de prime abord, et, par
la ruse, le mensonge, la flatterie, se fût rendue au logis souveraine maîtresse ; mais une
femme telle que Laurence devait, sinon accepter les théories magistralement délirantes de
son mari, du moins en admirer assez les par-

ties vraiment généreuses et hardiespour respecter, excuser ou pardonner les écarts de conduite qui en sont la conséquence presque fatale. »

Quatre énormes pages de louangeuses hyperboles à propos des beautés, vertus et perfections de Laurence, font suite à cette calme analyse. M. Sivignac revient pourtant invinciblement à ses études favorites. « Austère dans ses mœurs, dédaigneux du bien-être matériel jusqu'à l'ascétisme, incessamment préoccupé du bonheur d'autrui, de rêves philanthropiques, M. de Rouallec n'en est pas moins le bourreau de tous ceux qui l'entourent. » Éclatante confirmation des idées d'Ambroise ! Les passions, les sympathies, fussent-elles généreuses à l'excès, qui restent confinées dans le domaine purement intellectuel, sont (selon lui) non-seulement stériles, mais nécessairement dangereuses, malfaisantes, comme toute conséquence d'un principe faux. Le développement, chez M. de Rouallec, de quelque défaut, de quelque vice même, tenant à la sensibilité, à la chair et au sang, serait un bienfait pour tous les êtres qui dépendent de lui.

Cette belle doctrine frappe d'aplomb sur
moi, et porte d'ailleurs ses fruits dans les actions d'Ambroise, mises en lumière par le fameux journal. Dans ces alternatives de lyrisme
et d'anatomie morale, les heures s'écoulent rapidement à Rouallec. Deux semaines après
l'aventure des abeilles, le commandant de
Peyrols vient annoncer à ses voisins son départ pour la Plata. Les préparatifs d'une longue
campagne ont rappelé, dit-il, Paula à Paris,
sans qu'elle ait pu, malgré tous ses regrets,
venir embrasser Mme de Rouallec. Calme de
ce côté, Ambroise passe encore un mois auprès
de Laurence. Un soir cependant, la pensée de
la séparation surgit subitement dans son esprit. Mme de Rouallec lui a semblé au dîner
triste, préoccupée, mécontente d'elle-même et
des autres. Se serait-elle aperçue qu'il ne reste
plus trace des piqûres d'abeille sur les yeux du
petit Laurent? Voudrait-elle faire comprendre
à M. Sivignac qu'il abuse de son hospitalité?
Vers minuit, ne pouvant dormir, Ambroise
descend au jardin, se dirige vers un modeste
étang qui joue un rôle fatidique dans les hallucinations de M. de Rouallec, observe sans en

être vu le mari de Laurence, et surprend une
scène de démence parfaitement caractérisée.
M. de Rouallec s'imagine lire dans l'âme de la
terre à travers les eaux stagnantes; il paraît
résister à grand'peine au désir d'unir à jamais,
par la mort, son âme faible et bornée à cette
inépuisable source de vie.

Dès le lendemain matin, Ambroise confie
sa découverte à Mme Le Berquet, dont les
observations personnelles concordent de tout
point avec celles de M. Sivignac.

Après un entretien dans lequel le malheureux Sylvestre est sacrifié sans pitié à l'enthousiasme des deux interlocuteurs pour la charmante Laurence, Ambroise et la femme de
l'amiral tombent d'accord sur ce point, qu'il
conviendrait d'emmener M. de Rouallec et sa
femme à Paris. Mme Le Berquet engage fortement Ambroise à révéler à Mme de Rouallec,
le plus tôt possible et sans réticence aucune, les
déplorables hallucinations de son mari. M. Sivignac n'a garde de s'y refuser.

Je lui laisse la parole.

« Aussitôt après avoir quitté Mme Le Berquet, je m'enfonçai dans les allées du parc, et

bientôt je découvris Laurence à demi cachée
derrière un buisson de chèvrefeuille et de roses
grimpantes. En m'apercevant, Mme de Rouallec
fit un mouvement de surprise, presque de terreur ; des gerbes d'églantines s'échappèrent
de ses mains. Je m'élançai pour les relever ;
je les remis à Mme de Rouallec, puis je demeurai devant elle immobile, muet, sans
même oser la regarder. Combien j'étais loin de
mes résolutions de tout à l'heure !

« Laurent se porte admirablement bien au-
« jourd'hui, dis-je après un silence de plus
« en plus embarrassant, et j'abuse, madame,
« de votre hospitalité.

« — Vous partez ? » dit Mme de Rouallec,
sans quitter des yeux une branche de verveine
dont elle enlevait les feuilles basses.

« Quelle accentuation Mme de Rouallec donnà-
t-elle à ces deux mots ? Quel sens y attachait-
elle ? Je me le suis mille fois demandé depuis
lors. Au moment où elle les prononça, j'en
fus outré comme d'un congé banal.

« Dans quelques minutes, madame, j'au-
« rai l'honneur de vous faire mes adieux, »
dis-je en quittant brusquement Laurence.

« J'allai droit à la chambre de M. de Rouallec.
L'excellent homme se montra si affecté de ma
résolution, que je fus obligé d'inventer un
motif impérieux à ce départ précipité. Je dus
aussi m'engager à revenir à Rouallec vers la
fin de l'automne.

« Cette même fable inventée pour le châtelain fit les frais de mes adieux à Mme Le
Berquet. J'employai ensuite plus d'une heure
à parcourir les coins et les recoins de la maison
et du jardin, sans rencontrer Laurence.

« L'apparition de M. de Rouallec mit fin à
mes recherches. Il voulut m'accompagner sur
a jetée jusqu'à la limite de son domaine. Je ne
pouvais quitter la Vendée sans prendre congé
de mon premier hôte, Pascal de Peyrols. Après
m'avoir serré une dernière fois la main, moi
déjà installé dans le bateau du *passeur*, M. de
Rouallec remonta vers le château.

« Mes regards s'attachaient invinciblement
au rivage. Tout au bord de l'eau, derrière un
rideau de jeunes sapins, je crus bientôt distinguer une forme blanche. Le vent écarta le
feuillage ; c'était bien Laurence. Se voyant découverte, Mme de Rouallec fit quelques pas

vers la jetée. Nous échangeâmes un regard, un seul, puis Laurence regagna précipitamment le semis de sapins. Était-elle venue là pour moi? Je n'en doutai pas.... Et son regard, c'était un regard d'amour.... le premier! le dernier!... »

Le dernier! Et quelques mois plus tard, la rencontre très-fortuite de M. de Rouallec à Paris, dans un dîner qu'il trouble par des éclats de fureur prophétique, une invitation banale de sa part, suffisent pour ramener Ambroise, ce héros d'abnégation, aux pieds de la belle Laurence.

IX

« Je me déterminai à accompagner M. de Rouallec en Vendée, écrit M. Sivignac dans son journal, moitié par irrésistible attraction, moitié par *devoir*, persuadé que désormais, soit contre les autres, soit contre lui-même, on pouvait tout redouter de lui. » Lumineuse perspicacité, bientôt justifiée d'ailleurs par d'odieuses, de lugubres scènes ; mais non sans quelque reprise préalable de l'idylle interrompue, non sans de nouveaux et plus expressifs regards d'amour adressés à Ambroise par la femme de Sylvestre. Le récit des premiers entretiens d'Ambroise et de Laurence mérite d'être conservé.

« A deux heures de la nuit seulement,

nous arrivâmes au château, M. de Rouallec et moi. Le lendemain, vers onze heures, je vis enfin Laurence. A peine si je reconnus la charmante femme. Assise dans le cabinet de son mari, devant une table couverte de manuscrits et de cartes géographiques, elle écrivait sous la dictée du visionnaire. Ses traits amaigris, sa peau terne, son regard éteint, sa pose lassée, l'extrême négligence de sa coiffure et de son costume, révélaient le découragement le plus absolu. Elle rougit à ma vue, et, sans quitter sa place, me tendit la main en m'adressant quelques paroles de bienvenue.

« M. de Rouallec, lui, rayonnait. Jamais son front lisse, extraordinairement élevé, et maintenant tout à fait chauve, ses yeux bleus à fleur de tête, lançant des flammes froides, pénétrantes comme celle de l'acier, ses narines dilatées, ses lèvres minces et mobiles, ne m'avaient aussi péniblement impressionné. Debout, en pleine lumière près d'une croisée ouverte, il déclamait d'une voix sonore cette même sommation aux puissances de l'Europe, qui avait fait scandale au dîner de mon ami. Les lugubres menaces, les anathèmes, proférés

l'avant-veille, en cas de résistance aux injonc-
tions de l'Esprit, sortirent encore de ses lèvres.
« Les profondeurs de l'étang entendront des
« râles d'agonie, les purs rayons de l'étoile se
« joueront sur des fronts livides ; les roseaux
« chuchoteront à la nuit l'hymne des morts, »
répétait-il hors de lui. Je ne me suis pas
trompé ; les joues de Laurence ont pâli, la
main de la malheureuse femme a visiblement
tremblé, lorsqu'elle a dû écrire ces phrases
insensées. Laurence jugerait-elle son mari
capable de réaliser ses hideuses visions ? Se
sentirait-elle menacée ? L'exaltation du malheureux halluciné a persisté pendant la journée
entière. Impossible de lui échapper un seul instant, ni d'adresser une parole à Laurence. Le
soir venu, j'ai prétexté une grande fatigue pour
hâter l'heure de la séparation. Laurence se
promenait souvent autrefois après la nuit close.
Peut-être viendrait-elle dans ce bois de sapins, où j'habitais obstinément par la pensée
depuis neuf mois.

« Je fus bientôt au milieu des sapins. Longtemps j'y restai seul, impatient jusqu'à l'angoisse. J'entendis enfin crier l'une des barrières

qui défendent les jeunes arbres contre la dent des vaches et des moutons. Caché derrière les panaches d'un genêt, je ne tardai pas à reconnaître Laurence. Je laissai Mme de Rouallec arriver jusqu'à moi, j'attendis même qu'elle m'eût dépassé quelque peu avant de me montrer, tant je trouvais de bonheur à la voir, aux vagues et pâles lueurs de la lune, s'avancer lentement, avec hésitation, à travers les arbres et les buissons.

« Je me dirigeai enfin vers Laurence en prononçant son nom à voix basse. Mme de Rouallec retourna la tête, comme si elle se fût attendue à me voir là, fit quelques pas encore, puis s'arrêta.

« Je m'élançai vers elle, je la serrai contre mon cœur.

« Vous me saviez près de vous, mur-
« murai-je, sans trop savoir ce que je disais.

« — Oui, balbutia-t-elle.

« — Vous m'aimez? » repris-je si bas que je ne m'entendis pas moi-même.

Laurence fondit en larmes, se dégagea de mes bras, et s'éloigna de quelques pas.

« Je la rejoignis.

« Ne repoussez pas un ami, dis-je en ser-
« rant sa main.

« — Non, répondit Laurence d'une voix
« étouffée par les sanglots ; non, car je suis à
« bout de courage et de forces. Dissimuler
« toutes mes pensées, tous mes sentiments
« pendant près de quatre années, et mainte-
« nant mentir à toute heure, en toute circon-
« stance ; vivre éternellement seule, poursui-
« vit-elle en s'exaltant, ne trouver qu'un enfant
« irascible et débile dans celui qui devrait
« être mon guide et mon appui ; affecter le
« calme et la gaieté quand je tremble sans
« cesse pour son existence, pour la mienne,
« même pour celle de mon fils : voilà ma
« destinée !...

« — C'est un droit, c'est un devoir pour
vous, m'écriai-je, de vous dérober à ce supplice, à ces dangers. M. de Rouallec est mille
fois plus malade qu'il ne faut pour légitimer,
devant la loi, une séparation absolue.

« — Ne parlez pas ainsi, » interrompit vivement Laurence, soudainement rendue à elle-
même.

Puis, s'appuyant sur mon bras avec une

confiante familiarité et se remettant en
marche :

« Vous ne pouvez pas savoir, ajouta-t-elle
« d'un ton presque calme , combien M. de
« Rouallec est généreux, noble, bon, jusque
« dans ses bizarreries les plus étranges; vous
« ne pourrez surtout jamais comprendre com-
« bien je lui suis indispensable ! J'ai donc été
« bien faible, bien lâche tout à l'heure, ajouta-
« t-elle en essayant de sourire. Croyez-m'en
« sur parole, poursuivit-elle d'une voix agitée,
« si, dans le domaine de la pensée, M. de
« Rouallec est gravement malade, s'il souffre et
« fait soufffrir, je n'ai guère, moi, l'imagina-
« tion et le cœur mieux portants. Ceux qui me
« plaignent ont tort; aucune situation en ce
« monde, aucune, ne me donnerait le bon-
« heur. »

« Laurence se tut, et m'entraîna pendant
quelques instants d'un pas fiévreux et saccadé,
sans que j'osasse interrompre son silence.

« Parlez-moi de Paris, » dit-elle enfin avec
effort..

« La crainte de voir Laurence s'éloigner me
préoccupait à tel point, que je trouvai la force

de l'entretenir longuement de je ne sais quelles banalités.

« Il était plus de minuit lorsque Laurence voulut regagner le château. Arrivée à la limite du bois, elle dégagea son bras du mien, me commanda d'un geste de la laisser s'éloigner seule, et, la première, me dit :

« A demain. »

« Le lendemain, dès l'approche de la nuit, je parcourais le bois de sapins; j'y demeurai jusqu'à l'aube sans que Laurence parût, et je ne la vis guère qu'aux heures des repas les jours suivants. Une anxiété maladive, dont je ne pénètre que trop la cause, semble dominer de plus en plus complétement l'infortunée jeune femme.

« Quitter Rouallec en ce moment serait un crime. »

La suite du journal d'Ambroise donne l'explication de cette dernière phrase.

M. de Rouallec, tout à fait halluciné, a adressé une sommation particulière à chaque souverain de l'Europe. Le terme fixé par lui pour la réponse approche. Des rêves de vengeance, des visions sinistres, quelquefois aussi les plus

folles espérances enfièvrent le cerveau du malheureux rêveur. La veille du jour solennel,
Sylvestre se montre, à la grande surprise
d'Ambroise, parfaitement calme.

« C'est le lendemain, le lendemain seu-
« lement, à l'heure de midi, répète-t-il avec
« une confiance entière, que commencera le
« grand drame de la délivrance. »

La nuit vient, M. de Rouallec entraîne Ambroise et Laurence sur la terrasse du jardin,
et là, appuyé sur une balustrade en pierre, les
regards perdus dans l'espace, le visionnaire
hallucine son ami et sa femme par plusieurs
heures de déclamations apocalyptiques. Il
s'enfonce enfin brusquement dans les profondeurs du jardin, en murmurant : « Demain !
demain ! »

« Que devenir? que faire? s'écrie Mme de
« Rouallec qu'une touffe de jasmins cachait à
« demi jusque-là, en se dressant tout à coup
« devant Ambroise. Ces lettres, qu'il m'avait
« confié le soin d'envoyer à leur adresse, nul
« ne les a reçues, nul n'y pourra répondre,
« car je les ai brûlées ! Brûlées ! toutes brûlées,
« ajouta l'infortunée, avec un égarement crois-

« sant. Que deviendra-t-il demain? Que ré-
« pondrai-je? Qu'ai-je fait?...

« — Votre devoir, dis-je à la pauvre femme.

« — En êtes-vous bien sûr? reprit Laurence
« en passant la main sur son front. Je me
« voyais entre la déconsidération de mon
« mari, un ineffaçable ridicule attaché à son
« nom, et le mensonge.... j'ai menti. Si vous
« pouviez savoir dans quelles ténèbres, dans
« quel cauchemar je vis! ajouta-t-elle avec an-
« goisse. Mais demain! demain, que va-t-il
« se passer? A quel désespoir assisterons-nous?
« Demain! C'est aujourd'hui déjà, ajouta-t-elle
« d'un accent terrifié. Voyez!... Et Laurence
« me montra de la main la bande orangée qui
« effaçait à l'horizon les pâles étoiles. M. de
« Rouallec remontait les degrés de la terrasse.

« Bonsoir! dit-il en me tendant la main.
Puis, d'une voix forte et confiante : A demain! »

M. Sivignac, dévoré d'inquiétudes, passe la
nuit dans les bois, s'égare, et, vers onze heures du matin seulement, rentre au château.
Tout y révèle des émotions inaccoutumées. Pas
de domestiques dans la cuisine, personne

dans les appartements du rez-de-chaussée ; les
mets disposés sur la table, dans la salle à
manger, n'ont pas été touchés ; un silence absolu partout. Ambroise gravit, plein de terreur, l'escalier du premier étage, et rencontre
le petit Laurent tout en pleurs, blotti sur le
palier. L'enfant interrogé répond que son père
gronde très-fort, que sa mère pleure, que sa
bonne est partie, qu'il a bien peur !

Ambroise se précipite dans la chambre de
Laurence. Mme de Rouallec, gisante dans un
fauteuil, l'accueille par un sourire navrant.

« Eh bien ! il a tout deviné, murmura-
« t-elle d'une voix sans accent, ses yeux lisent
« dans les âmes ; j'ai nié courageusement,
« je nierai toujours !... Il a écrit au directeur
« de la poste voisine. Tous les domestiques
« sont à la recherche des facteurs. Il fouille
« lui-même les coins et les recoins du château.

« Des pas bruyants, hâtés, ébranlèrent le
corridor voisin et la porte de l'appartement fut
enfoncée plutôt qu'ouverte par M. de Rouallec.
Livide, les traits contractés, les dents serrées,
les yeux hagards, le mari de Laurence était
effrayant à voir.

« Conspireriez-vous, par hasard, avec ma-
« dame? Dois-je fouiller aussi vos tiroirs?...
« dit-il demi-menaçant, demi-ironique. Allez
« rendre visite à notre voisin Pascal que vous
« négligez fort cette année, poursuivit M. de
« Rouallec d'un ton impérieux, et revenez
« demain apprendre le résultat de mon en-
« quête. »

Craignant d'aggraver encore la situation de
Laurence en résistant à cet ordre déguisé, Ambroise quitte aussitôt l'appartement. Il erre
jusqu'à la nuit close autour de Rouallec et se
décide alors seulement à escalader les murs
du parc.

« L'étang, écrit-il dans son journal, s'étendait devant moi sans une seule ride, reflétant
la plus lointaine des étoiles visibles au ciel.
Je m'acheminai du côté du jardin en ayant
soin de me tenir toujours à l'ombre des arbres. Une sorte de taillis d'arbustes à fleurs
sert de limite entre le parc et les allées décou-
vertes du jardin. Je me cachai derrière des lau-
riers-roses et j'explorai de l'œil l'espace éclairé
devant moi. De l'extrémité de l'allée la plus
large, je vis bientôt venir Laurence. Mme de

Rouallec s'arrêtait presque à chaque pas, comme si elle avait eu besoin de toutes ses forces physiques et morales pour rattraper une pensée qui la fuyait. Oubliant mes terreurs, mes précautions de tout à l'heure, je l'eus bientôt rejointe.

« — Savez-vous ce que je fais? me dit Lau-
« rence, avec une intonation âpre qui me glaça.
« Je récris mentalement les fameuses lettres.
« Demain avant midi elles doivent être à la
« poste. J'ai confessé ma faute, je l'ai déplo-
« rée, j'ai promis de la réparer.... »

« Il y avait de la démence dans le regard et dans l'accent de Mme de Rouallec.

« Comment M. de Rouallec vous a-t-il arra-
« ché cet aveu? dis-je avec une anxiété hor-
« rible.

« — Par la terreur, par les larmes, que
« sais-je?... parce que je deviens folle, moi
« aussi.... »

« Je contemplai Laurence avec une douloureuse stupeur.

« M. de Rouallec, quittant brusquement une allée transversale, apparut en ce moment, à dix pas au plus de nous.

« Laurence poussa un cri. Je la saisis entre mes bras et je l'entraînai derrière un massif de troènes.

« M. de Rouallec ne nous avait pas vus. Il passa rapidement devant nous.

« Il faut en finir, en finir ! — La tuer ! » articulait le visionnaire d'une voix stridente.

« Sauvez-moi, » murmura Laurence.

« Quelles menaces la pauvre femme avait-elle donc entendues le matin?... J'étais trop ému moi-même pour distinguer le véritable sens des paroles de M. de Rouallec; sens bien différent, je le crois maintenant, de l'interprétation de l'infortunée.

« — Conduisez-moi n'importe où, bien loin « d'ici, reprit Laurence, toujours égarée par la « terreur; je ne veux pas passer la nuit dans « cette maison.

« — Venez à Saint-Fulgent, répondis-je. »

« Laurence prit mon bras et fit quelques pas vers l'une des portes du parc.

« Mais non, dit-elle en s'arrêtant tout à « coup et en me regardant en face. M'enfuir « de Rouallec la nuit.... avec vous !... C'est im-« possible. Je dois compte à mon fils de ma ré-

« putation, du nom de son père. Je vais me
« renfermer dans ma chambre, ajouta Mme de
« Rouallec presque calme ; les heures de la
« nuit passeront vite, et demain j'aurai du cou-
« rage ; je saurai enfin prendre une résolu-
« tion définitive. Veillez sur moi et sur Lau-
« rent, » ajouta-t-elle au moment de nous
séparer.

« Je passai toutes les heures de la nuit derrière les vitres de ma fenêtre, les yeux alternativement fixés sur les allées du jardin et sur
les croisées de la chambre de Laurence. Rien
ne bougea dans le château ; rien ne remua
dans le jardin. Vers le matin, le soleil rougis-
sant déjà le sable de la terrasse, je laissai ma
tête tomber sur le dossier de mon fauteuil, et
je m'assoupis à moitié.

« Des cris tumultueux, déchirants, me réveillèrent. Je courus à la chambre de Laurence.
La porte en était grande ouverte, et je n'y vis
que le petit Laurent pleurant dans son berceau. Les cris m'arrivaient cependant plus
aigus, les cris de Laurence. Je me précipitai
vers l'escalier du vestibule. Une vingtaine de
paysans, d'ouvriers, de domestiques, se pres-

saient sous la porte d'entrée. Au milieu d'eux,
sur les dalles de pierre du vestibule, gisait le
cadavre de M. de Rouallec. La pâleur bouffie
du visage, le limon, les herbages dont ses vêtements étaient couverts, disaient assez le
genre de mort choisi par l'infortuné. Laurence
tenait le corps de son mari étroitement em-
brassé. Pour l'éloigner, je dus employer la force.

« C'est nous qui l'avons tué! c'est nous
« qui l'avons tué! criait Mme de Rouallec de
« toute sa voix en me repoussant. Nous devions
« le suivre, le ramener au château; nous nous
« sommes cachés! nous avons fui! nous l'a-
« vons tué!... »

« Vingt témoins vulgaires recueillaient ces
imprudentes paroles. Quels commentaires se
permirent-ils? Je n'y songeais guère alors;
mais j'y pense avec effroi, avec désespoir aujourd'hui.

« Laurence a exigé que je quittasse Rouallec
sans la revoir. La reverrai-je un jour? Je n'ose
pas l'espérer; il y a de trop cruelles souffrances, de trop sinistres souvenirs entre nous!...»

Et ce même Ambroise qui a écrit ces dernières lignes, cette même Laurence, la veuve

de Sylvestre de Rouallec, seront unis dans quelques semaines.

Les calmes, les dédaigneuses analyses que je me suis imposées jusqu'ici me deviennent désormais impossibles. Il n'y a plus rien à retrancher, rien à interpréter dans les révélations d'Ambroise; elles tiennent par trop de liens aux habitants actuels du cottage de Veules, aux événements de ces dernières journées. Il faut bien me l'avouer à moi-même, d'ailleurs, les scènes passionnées qui suivent, la peinture de ces émotions, de ces orages si longtemps inconnus, me troublent au point de m'ôter toute faculté de jugement, toute force de critique.

Laissons donc parler Ambroise. Après un silence de deux années, son journal recommence en ces termes :

X

« J'ai enfin revu Laurence.... Revue ! A
peine entrevue, devrais-je dire. Mais Laurence
a lu ma lettre, elle ne peut pas refuser de
me recevoir.... Demain ! Oh ! quand donc demain arrivera-t-il ?

« Que de découragements, que de tristesses
pendant les deux interminables années qui
viennent de s'écouler ! Six semaines après la
mort de M. de Rouallec, Pascal de Peyrols,
avec lequel j'entretenais une correspondance
suivie pour avoir des nouvelles de Laurence,
m'apprit le départ de sa voisine de campagne
pour l'Italie. Mme de Rouallec allait y rejoindre une tante qui lui a servi de mère. Cette
tante, Mme de Breuille, s'est mariée en secon-

des noces à un jeune peintre nommé Eugène Nantier.

« J'ai successivement habité Rome, Naples, Venise, Florence, sans découvrir aucune trace de Mme de Breuille ni de Laurence. Je regagnais Paris tout à fait sans espérance, quand, ce matin, dans la plus vaste rue de Marseille, sous la porte cochère d'un hôtel, j'ai aperçu deux dames dont la tournure m'a frappé. L'une d'elles, une étrangère pour moi, faisait face à la rue ; j'admirais sa physionomie noble et gracieuse ; mais la robe de soie grise, le mantelet de dentelles de sa compagne enchaînaient invinciblement mes regards. Les deux voyageuses s'enfoncèrent sous la voûte. Je les suivais toujours des yeux. Au pied de l'escalier, dans une demi-obscurité déjà, la dame vêtue de soie grise tourna la tête de mon côté. C'était Laurence.

« Je voulus l'appeler, me précipiter vers elle.... D'insurmontables doutes, malgré des éblouissements et des suffocations de bonheur, me clouèrent sur le seuil de l'hôtel.

« Je retrouvai enfin la présence d'esprit nécessaire pour m'assurer auprès des domesti-

ques de la présence de Mme de Breuille et de
Mme de Rouallec dans cet hôtel. Je sus même
me faire dire, sans hasarder aucune question
imprudente, que la tante et la nièce, accompa-
gnées du mari de Mme de Breuille, étaient à Marseille depuis quinze jours et devaient y passer
encore une semaine avant de retourner à Paris.

« Me présenter sans préambule devant
Mme de Rouallec, devant Mme de Breuille et
son mari, deux inconnus, me parut impossible. Je suis rentré dans mon hôtel, à cent
pas de l'hôtel de Laurence, et je lui ai écrit....

Le lendemain.

« J'ai reçu la réponse de Laurence. Quelle
réponse!... Et Laurence a quitté Marseille.
Mais en quelque lieu qu'elle se cache, je saurai la découvrir, la convaincre d'absurdité, de
crime, de folie! Elle m'en a donné le droit, le
devoir. Voici sa lettre.

« Je ne vous verrai pas demain, Ambroise;
demain, j'aurai quitté Marseille. Je partirai

parce que je vous aime. Je suis une malade
que vous ne sauriez guérir : mon mal date de
trop loin.

« A seize ans, j'avais une opinion arrêtée sur
le mariage et sur l'amour, tant j'avais vu
déjà souffrir autour de moi. J'étais convaincue
que les époux vivent complétement indifférents
l'un à l'autre, comme le faisaient ma mère et
mon beau-père, M. Le Berquet, ou s'inquiè-
tent, se querellent, se torturent, s'ils s'aiment
avec passion, comme s'inquiétaient, se que-
rellaient, se torturaient mon oncle et ma tante
de Breuille.

« L'amour qui donne la satisfaction complète de l'âme, le repos et la confiance dans la
tendresse, l'amour qui seul pourrait me rendre heureuse, je ne l'ai pas même rêvé à seize
ans, car déjà je n'y croyais plus. Cette précoce
expérience a déterminé mon mariage avec
M. de Rouallec. Dans une union toute d'amitié, j'ai cru trouver un refuge contre les tristes
luttes dont j'avais été témoin chez ma tante, et
certains côtés de la réalité n'ont en rien trompé
mon attente. Cependant, chose étrange ! les
théories qu'il me fallait entendre exposer cha-

que jour par M. de Rouallec, et que je devais forcément discuter, m'ont plus désillusionnée, plus désespérée mille fois que n'auraient fait, je crois, des infidélités notoires.

« Il y avait de la foi encore, tout au moins d'ardentes aspirations vers l'amour pur, fidèle, unique, dans les agitations, les reproches et les larmes de M. et de Mme de Breuille; mais lorsque mon mari, par une inexplicable contradiction avec son austérité personnelle, s'efforçait de démontrer scientifiquement, mathématiquement, selon son expression, que cet idéal de passion élevée n'est qu'une rêverie maladive des poëtes, que le changement, la multiplicité des amours est la pratique universelle, la véritable loi du cœur humain; lorsque mon mari s'efforçait de démontrer cela, un complet découragement, le dégoût de l'existence s'emparaient invinciblement de moi.

« Vous l'avouerai-je, Ambroise? ce que j'apprenais chaque jour des êtres que j'aurais voulu croire supérieurs à tous les autres, ce que j'observais moi-même ne donnait que trop raison à ces tristes doctrines.

« Mieux vaut vivre sans bonheur, faire un

pacte éternel avec la solitude, que d'être déchirée, brisée par celui-là même qu'on adore, que d'idolâtrer et de haïr à la fois. »

« Laurence m'aime !... voilà tout ce que je veux comprendre à sa lettre. Bien que des révélations malveillantes sur mon passé, sur mon caractère, sur mes fautes s'y lisent à chaque ligne ; bien que Mme Le Berquet, son fils peut-être, amoureux de Mme de Peyrols à Constantinople, Paula elle-même, qui sait ? aient dû parler contre moi, Laurence m'aime ! Elle apprendra bientôt comment elle a su se faire aimer !... »

Après trois mois de vaines démarches pour retrouver Laurence dans le monde parisien, démarches notées scrupuleusement jour par jour dans son journal, Ambroise inscrit tout au long la curieuse confession suivante :

« Cette belle Laurence, cette femme dont le nom seul excite en moi des transports d'adoration, a-t-elle un cœur ? Est-ce qu'une femme aimante recule devant l'amour par crainte de la souffrance ? Est-ce que ces observations, ces analyses précoces dont se vante Laurence dans

sa lettre, n'indiquent pas la plus complète sécheresse d'âme ? Imagine-t-on une enthousiaste
et sympathique jeune fille appliquée dès quinze
ans à l'étude des problèmes conjugaux, observant d'un côté la froideur, l'indifférence ; de
l'autre, la passion avec ses anxiétés, ses orages, et se résolvant, après mûre délibération,
sans regrets, sans lutte, à s'assurer le calme du
cœur et le bien-être matériel par un mariage
de convenance ?

« Est-ce à Laurence, est-ce à moi que j'en
veux ? Oui, c'est bien à elle !... Pourquoi m'a-
voir laissé sans nouvelles, sans espoir aucun
pendant trois mois ?

« De lassitude, après tant de recherches inu-
tiles, j'avais pris dans ces derniers temps des
habitudes casanières : quinze jours entiers
venaient de s'écouler sans que je sortisse de
l'hôtel du comte Flinck. Ce vieil ami de ma
famille, ce savant si excentrique chez lequel
j'avais accepté l'hospitalité, en arrivant à
Paris, m'avait bientôt laissé parfaitement seul
au milieu de ses galeries de tableaux et de ses
collections scientifiques.

« Avant-hier cependant, comme dernière

tentative, je me suis rendu à l'un de ces bals
costumés dont *tout Paris* s'occupe quinze jours
à l'avance, et j'y ai rencontré un sculpteur de
mes amis accompagné d'un jeune homme qu'il
m'a présenté sous le nom d'Eugène Nantier.
Le mari de Mme de Breuille! Je ne songeai
plus qu'à parcourir les nombreux salons.
Laurence devait accompagner sa tante, Laurence ne pouvait cette fois m'échapper. La
foule pressée des spectateurs et des danseurs,
l'éclat et l'étrangeté des costumes opposaient
mille difficultés à mes recherches. J'examinais
inutilement toutes les femmes depuis une
demi-heure au moins, quand une conversation saisie au vol entre deux portes me consterna.

« — Avez-vous remarqué Mme de Breuille?
disait une jeune femme à une autre femme
beaucoup moins jeune. Elle est ce soir plus
belle et plus fraîche que sa nièce. C'est un miracle vivant que cette femme-là.

« — Un miracle qui se maintient à grand'-
peine une heure dans son éclat. Aussi Mme de
Breuille vient-elle prudemment de s'éclipser, »
répondit la seconde dame.

11

« Laurence était donc dans le bal quelques instants auparavant, et je n'avais pas su la rencontrer !...

« Je regagnais la porte, lorsque des groupes nombreux d'où partaient de bruyantes exclamations d'enthousiasme, m'annoncèrent l'apparition d'une *Étoile*. Mes regards parcoururent le salon avec une curiosité banale, et dans l'*Étoile*, sous le costume de Velléda, je reconnus Mme de Peyrols. Une tunique blanche, retenue par des croissants d'or aux épaules, dessinait à demi la taille mince et flexible de Paula. Un cercle d'or, un bracelet, devrais-je dire, formait la ceinture. Au-dessus du sein gauche, la faucille sacrée. Entièrement nus, les bras montraient des lignes d'une élégance sculpturale. La tête surtout était charmante. Partagés sur le front, sous le sombre feuillage des verveines, et retombant en flocons légers le long des joues et sur les épaules, les cheveux blonds de Paula semblaient un nuage d'été, un merveilleux tissu de rayons.

« Pas un visage indifférent autour de Mme de Peyrols. Les regards des hommes l'enveloppaient d'une auréole d'admiration, ceux des

femmes la perçaient, la déchiraient des mille
traits de la haine et de l'envie.

« Par une habileté suprême, Paula semblait
n'avoir aucune conscience de son triomphe. Les
paupières à demi baissées, elle traversait lentement les groupes, appuyée sur le bras de la maîtresse de la maison. Fut-ce par hasard? voyait-
elle à travers ses longs cils ! ses yeux se fixèrent
tout à coup sur les miens. Elle détourna vivement la tête et reprit son attitude pensive.

« J'aurais dû poursuivre mon dessein, quitter immédiatement le bal. Que faisais-je là?
Que m'importait Mme de Peyrols ?...

« Paula se retrouva bientôt en face de moi;
cette fois, ses regards ne me permirent pas
d'éluder un salut, une reconnaissance. Mme de
Peyrols me présenta comme un ami de sa famille à la maîtresse du logis, et quelques
instants plus tard, c'était sur mon bras que
s'appuyait la belle-sœur de Pascal.

« Était-ce l'effet du costume? La physionomie de Paula d'ordinaire plus séduisante et
voluptueuse que noble, plus animée que tendre,
possédait cette nuit-là l'irrésistible séduction
de la passion profonde et chaste. La voix

même de Mme de Peyrols me semblait autre :
lente, hésitante, un peu sourde, elle s'insi-
nuait jusqu'au cœur. La seule préoccupation
de Paula semblait être de se dérober à l'attention persistante de la foule.

« — Valsons ! me dit-elle après un silence.
Et dès que nous fûmes lancés dans le tourbil-
lon des danseurs : Je suis seule, libre à Paris ;
m'aimez-vous encore ? »

« Pensais-je à Laurence à ce moment ? Oui !
car pour dominer des voix importunes, je dus
me répéter bien haut, à plusieurs reprises, que
l'amour de Paula était l'amour vrai, l'amour
sublime, l'amour qui s'humilie, qui se pro-
digue, oublieux des offenses de la veille et de
l'ingratitude du lendemain.

« L'amour ! Paula me disait : au revoir il
y a vingt-quatre heures à peine, et jamais
l'ennui, le dégoût de moi-même et de toute
chose n'a aussi lourdement pesé sur moi qu'en
ce moment.... Non, je ne reverrai pas Paula !... »

Après une interruption d'un mois, voici ce
qu'on lit dans le journal d'Ambroise.

« Tout est fini !... Laurence est à jamais,
Laurence est irrévocablement cette fois perdue

pour moi. Laurence qui était là, il y a quelques heures, me parlant de son amour, de tout un avenir de bonheur, appelant déjà ma mère la sienne !

« .... Je ne reverrai plus Laurence, je ne tenterai même pas de lui écrire. Que lui dirais-je ? Encore si je souffrais seul ! Je l'ai mérité. Mais les larmes, le désespoir de Laurence ! « Qu'étaient mes souffrances passées ! » a-t-elle plusieurs fois répété. Pouvais-je méconnaître le sens de cette exclamation involontaire ?

« M. de Rouallec, que je jugeais si indigne de Laurence, M. de Rouallec, en qui je voulais voir un absurde tyran, un bourreau domestique, m'apparaît en ce moment bien supérieur à moi. L'égoïsme, les satisfactions personnelles n'entraient du moins pour rien dans ses erreurs.

« De quels sophismes me suis-je donc nourri jusqu'ici ? Les passions, les erreurs qui tiennent à l'ordre intellectuel sont entre toutes les passions humaines les plus dangereuses, entre toutes les erreurs les seules incurables, me suis-je longtemps plu à répéter ; les maux qu'elles engendrent sont sans remède possible, car, par leur essence même, les passions de

l'intelligence séparent, isolent de tous les autres
êtres les fiers infortunés qu'elles dominent. Il
n'y a pas de semblable pour le penseur qui croit
posséder seul la vérité, il n'y a pas de frère
dans la mêlée humaine pour le voyant qui con-
temple face à face l'absolu. L'exemple de M. de
Rouallec me confirmait encore dans cette opinion erronée. La félicité sans bornes de l'humanité entière, voilà le but qu'assignait nettement
M. de Rouallec à ses spéculations incessantes ; et
d'amères, de stériles douleurs pour lui-même et
pour tous ceux qui l'entouraient, étaient le
seul résultat obtenu. Combien les plus incon-
testables déviations des sentiments sympathiques, me paraissaient inoffensives, bienfaisantes
même, auprès des aberrations de l'esprit ! C'é-
tait là, je le vois clairement aujourd'hui, une
concession coupable à mes tendances, un aveuglement volontaire sur mes propres faiblesses,
une redoutable hypocrisie de mon orgueil, qui,
sous les noms d'amour, d'abandon, de tendresse, voilaient le plus implacable égoïsme.
Laurence en est-elle moins mortellement atteinte dans ses croyances, dans ses affections,
dans ses rêves, parce que les illusions de la

passion ont servi de prétexte à mes fautes ?
Pauvre Laurence, venue vers moi le cœur rempli d'enthousiasme et de confiance! Laurence
si ardemment, si vainement attendue pendant
tant de mois!

« Que de fois mes regards s'étaient arrêtés
avec complaisance sur l'assemblage bizarre,
confus, désordonné, d'objets rares ou précieux
qui, de la cave au grenier, remplissent l'hôtel
du comte Flinck; que de fois le jardin, avec
son tapis de feuilles mortes, ses ifs noirs, autrefois taillés en jeu d'échecs, ses sphinx vêtus
de mousse, ses entassements de rochers histo-
riques et de sarcophages étrusques, m'avait
semblé gai, beau à regarder à travers les vi-
traux coloriés de ma fenêtre! Je n'habitais pas
un appartement, une maison ordinaire, mais
un édifice impersonnel, une galerie, un musée;
Laurence consentirait peut-être un jour ou l'autre à m'y visiter. Hier cependant, dans la noire
et froide brume de décembre, ces ifs jadis mu-
tilés, et jetant maintenant leurs pousses dans
des directions fausses et maladives; ces grands
sphinx mornes, les joueuses de flûte, les dan-
seuses des bas-reliefs grelottant sous le givre,

m'envoyaient je ne sais quelles pensées déses-
pérées. L'unique domestique du comte ouvrit
la porte de la galerie où je travaille d'ordinaire.

« — Une dame est là, dit-il, dans le grand
salon, qui désirerait visiter l'hôtel ; elle connaît
monsieur, à ce qu'il paraît, car elle le prie de
vouloir bien l'accompagner. »

« J'avais dû subir, depuis trois mois, plus
d'une importunité de ce genre de la part de
mes connaissances des deux sexes. Je me dirigeai vers le grand salon et j'y trouvai Laurence.

« Mme de Rouallec s'avança vivement vers
moi, puis, à deux pas, s'arrêta rougissante.

« —Me pardonnerez-vous ? » me dit-elle à voix
basse. Elle s'assit auprès de moi et, d'elle-
même, mit sa main dans la mienne.

« — Voyez où mènent la sagesse et la pru-
dence, murmura-t-elle en essayant de sourire. Toute autre femme se serait fait prier
longuement, humblement, avant de consentir
à mettre le pied ici ; et moi, l'auteur de la lettre
que vous savez, je viens vous dire : Torturez-
moi, s'il le faut, mais répétez-moi que vous
m'aimez. »

« A travers mille effusions de reconnaissance de ma part, mille digressions, j'appris
que Mme de Rouallec se trouvait avec sa tante à
ce bal où j'avais aperçu Eugène Nantier.

«— Une glace sans tain me permettait de suivre de l'œil votre conversation avec Eugène et
son ami le sculpteur, ajouta-t-elle. A votre
vue, j'eus d'abord la pensée de quitter le bal ;
puis je pris la résolution de vous faire présenter à ma tante par l'ami d'Eugène, auquel je
dois d'ailleurs d'avoir su où vous rencontrer
dans Paris. Enfin, poursuivit Laurence d'une
voix basse et pleine d'hésitations, enfin, une
apparition inattendue, l'aspect d'une personne
que je croyais en ce moment bien loin de la
France, a déterminé subitement mon départ. »

« Je compris qu'il s'agissait de Paula, et ma
physionomie dut trahir quelque trouble. Le
regard de Laurence s'assombrit. Mais il y a des
heures dans toutes les existences où l'on veut,
d'une volonté intense, vivre de foi et de bonheur.

« — Admirez ma stupidité, reprit bientôt la
charmante femme avec élan ; après ce bal, il
m'a fallu encore trois longues semaines pour

comprendre qu'aucune existence, pas même
celle de ma pauvre tante, existence bien troublée cependant, n'était aussi malheureuse que
la mienne. »

« Je saisissais à peine le sens des paroles de
Laurence ; mais ses regards, le timbre de sa
voix me rendaient fou de bonheur.

« Ce fut bientôt un point fixé, résolu : notre
mariage se célébrerait près de ma mère, à Nice,
dans deux mois au plus tard ; l'hiver s'achève-
rait pour nous en Italie, puis nous ferions un
voyage en Allemagne, puis viendraient de longs
mois de retraite et de travail à Paris.

« — J'ai la ferveur d'une nouvelle convertie,
répétait Laurence ; je suis si résolue à être
heureuse, que vous porterez seul, tout seul,
sachez-le bien, la responsabilité de l'avenir. »

« Je voulus montrer à Mme de Rouallec le
portrait de ma mère, et je la conduisis dans la
galerie qui, grâce à un hamac des îles Sand-
wich et à des paravents de Siam, me sert de
chambre à coucher. Au milieu des dépouilles
de toutes les nations du globe et de tous les
âges du monde, les Français du dix-neuvième

siècle se logent comme ils peuvent dans le musée du comte Flinck.

« Là, dans cette galerie qui me semble si
lugubre en ce moment, j'ai été, pendant près
d'une heure, l'homme le plus heureux de l'u-
nivers. Assise devant ma table de travail, Laurence feuilletait mes livres, dépliait mes papiers, m'adressait mille questions sur ma vie
journalière, et formait mille plans, mille projets pour notre vie commune. L'enfant, la
jeune fille, avec ses frais caprices, son expan-
sion naïve, se retrouvait sous la femme toujours
opprimée jusqu'ici par la solitude et par la
tristesse.

« Subitement Mme de Rouallec se tut. Je vis
entre ses mains deux toutes petites feuilles vertes. D'où venaient-elles? Je n'y compris rien
d'abord; puis la lumière se fit dans mon esprit. Mes souvenirs m'accablèrent. Comment
ces deux feuilles de verveine s'étaient-elles dé-
tachées de la couronne de Paula? Comment
étaient-elles restées pendant trois semaines ca-
chées, inaperçues, entre mes livres et mes papiers?... Que n'aurais-je pas donné pour
anéantir ces fragments de batiste!...

« Je pris, sur une étagère, une précieuse édition de Montaigne.

« — Regardez ce beau livre, » dis-je en posant le Montaigne sur la table devant Mme de Rouallec, de façon à l'obliger de retirer ses mains.

« Laurence ne sembla même pas voir le volume.

« — Mme de Peyrols est venue ici !... » articula-t-elle d'une voix étouffée, navrante, d'une voix toute nouvelle pour moi.

« Je ne trouvai aucun mensonge, aucune excuse. Je tombai aux pieds de Mme de Rouallec.

« Laurence cacha sa tête entre ses mains et demeura un instant anéantie.

« — Saviez-vous que Mme de Peyrols dût être à ce bal ! » murmura-t-elle enfin sans lever les yeux sur moi.

« — Depuis le jour où Mme de Peyrols m'a présenté chez vous, à Rouallec, jusqu'au moment où elle m'a pris le bras au bal, après votre départ, je ne l'ai pas aperçue, je n'ai rien su d'elle. »

« J'étais toujours aux genoux de Laurence ; j'essayai d'écarter ses mains qui voilaient son visage. Des larmes roulaient à travers ses doigts glacés.

« — Je ne vous en veux pas, disait Laurence d'une voix si basse, si tremblante, que j'avais peine à l'entendre. C'est ainsi, je le savais, je vous l'ai écrit.... Vous m'aimiez depuis plus de trois années, vous ne veniez à ce bal que pour me rencontrer; vous ne songiez, dites-vous, qu'à moi!... *Elle* a passé devant vous par hasard.... et c'est fini! fini! pour toujours fini!... » Les sanglots longtemps contenus de Laurence éclatèrent.

« Puis, reprenant un à un, avec une sorte de volupté déchirante, avec l'exaltation du délire, tous nos projets, tous nos rêves de bonheur :

« — Nous aurions été bien heureux, n'est-ce pas, à Nice, dans nos bois d'orangers? L'automne venu, nous aurions entrepris notre grand voyage à travers le Tyrol, la Suisse; nous aurions emmené Laurent; il aurait gravi à pied, avec nous, les montagnes; il aurait joué, il aurait ri autour de nous; hier encore, il me parlait de vous, Laurent.... L'hiver, bien tard, avec le froid et la neige, nous serions rentrés à Paris.... Nous nous serions cachés n'importe où, dans ce vieil hôtel, dans cette galerie.... L'ami de votre père, le comte Flinck, m'aurait aimée comme sa fille.... J'aurais éloigné de vous toute tracasserie du monde, tout ennui ; j'aurais passé mes journées à feuilleter, moi aussi, de gros livres, pour ne pas troubler vos études.... Car je voulais vous voir couvert de gloire, grand entre tous !... Rien! rien! rien maintenant! » reprit Laurence après un silence, et ses larmes recommencèrent à couler.

« Je ne savais que pleurer avec elle. Pour la première fois, je sentais peser sur moi l'effroyable fatalité de mes fautes...

« La nuit était venue. La lueur d'un feu mourant éclairait seule la galerie. L'heure, Laurence et moi nous l'avions oubliée. Mais Bastien, le domestique, qui n'oubliait jamais, lui, d'avancer le dîner pour recouvrer plus tôt sa liberté, de son pas bruyant ébranla l'escalier de service. Les prétextes ne lui manquant jamais pour quitter l'hôtel pendant la journée, il me croyait très-probablement seul.

« Bastien ne devait pas voir chez moi Mme de Rouallec en pleurs. Je saisis Laurence entre

mes bras et je l'entraînai dans le grand salon
dont je refermai la porte sur elle, puis je revins
m'asseoir dans la galerie près de la cheminée.

« Bastien me remit mes journaux, alluma
les lampes avec une lenteur qui m'arrachait
d'involontaires mouvements d'impatience. Dès
qu'il disparut, je me précipitai dans le salon,
Laurence ne s'y trouvait plus. Une seule pièce,
l'antichambre, séparait le salon de l'escalier;
il n'avait été que trop facile à Mme de Rouallec
de quitter l'hôtel sans me permettre d'espérer
mon pardon.

Nice, deux mois plus tard.

« A travers quels éblouissements, quels
enivrements de jeunesse et de gaieté insoucieuse
avais-je donc jusqu'ici regardé ma mère? Je
l'avais toujours crue bien portante, calme. Ma
mère est malade, encore plus malade au moral
qu'au physique. Quatre mois passés tout entiers près d'elle ne me laissent là-dessus aucun
doute. Lorsque ses forces le lui permettent,
nous sortons ensemble, vers le soir, et nous
causons longuement, intimement. De temps à

autre, ma mère m'enveloppe d'un regard dont
l'inquiétude étonnée semble dire : « Tu as donc
souffert, toi aussi, que tu me comprends si
bien ! »

Le journal d'Ambroise s'arrêtait là. Puis
venaient les lettres de Laurence, lettres que
M. Sivignac a reçue pour la plupart à Veules,
lorsque je l'aimais déjà, lorsque j'espérais être
un jour aimée de lui. Voici quelques fragments
de ces lettres :

PREMIÈRE LETTRE.

Rouallec, juin 1860.

« Êtes-vous libre, tout à fait libre, Ambroise? Si vous dites *oui*, rien que *oui*, je vous
croirai. Puis, vous vous rendrez dans un petit
village de Normandie qu'on appelle Veules; là,
vous ferez usage de tout votre génie pour vous
faire présenter régulièrement chez ma tante,
Mme de Breuille, qui y passe l'été. Dans huit

jours je quitterai Rouallec pour Paris et dans
trois semaines, à peu près, lorsque vous serez
déjà reçu en ami chez ma tante, j'arriverai à
Veules, où nous nous saluerons pour la *première fois.* »

DEUXIÈME LETTRE.

« Ne me remerciez pas trop, Ambroise. Vous
abandonner sans réserve, sans condition notre
avenir, n'est-ce pas vous imposer de terribles
obligations, une lourde responsabilité? »

TROISIÈME LETTRE.

Paris.

« Les nouveaux amis dont vous me parlez,
ces hôtes si intelligents, si remplis d'attentions
pour vous, Hector et Clarisse le Berquet, ne
sont rien moins que mon demi-frère et ma
quasi-cousine. J'en ai douté d'abord, tant la

12

plus grande partie des éloges que vous leur
prodiguiez me semblait peu applicable à l'Hector
et à la Clarisse auprès desquels j'ai autrefois
vécu. Il faut pourtant se rendre à l'évidence,
Hector et Clarisse sont charmants pour vous;
ils vous ont déjà introduit chez ma tante, ils
vous fournissent un motif plausible d'être et de
rester à Veules. Accordons-leur notre amitié.
Nous n'avons d'ailleurs rien à redouter d'eux.
Hector escalade perpétuellement les nuages, et
Clarisse est trop mathématicienne, trop philosophe, pour s'occuper de nos infimes secrets. »

QUATRIÈME LETTRE.

Paris.

« Ambroise! Ambroise! que vous êtes loin
déjà de votre première lettre! Il vous sera impossible, dites-vous, de ne pas vous trahir, de
supporter l'épreuve que je vous ai imposée, si
je ne vous permets pas de me voir, ne fût-ce
qu'un quart d'heure, avant mon départ de
Paris. Vous avez besoin, absolument besoin,

affirmez-vous, d'apprendre de ma bouche que vous êtes pardonné. Vous pardonner ! n'y comptez pas, j'en suis incapable; que le passé soit à jamais anéanti ! Vous voir à Paris... dans l'hôtel du comte Flink... dans cette galerie !... impossible ! »

CINQUIÈME LETTRE.

Paris, 11 juillet.

« O toute puissance de votre volonté et de ma faiblesse! Moi aussi je partage vos terreurs, je crains de me trahir devant ma tante, devant Clarisse. Je veux vous voir avant de partir pour Veules.... Après-demain, j'arriverai, vers trois heures, à l'hôtel du comte Flinck. »

XI

La date de ce dernier billet... la date?... justement celle du départ d'Ambroise pour Paris... Ambroise a lu ce billet à deux pas de moi, dans cette chambre. Comme il doit rire en ce moment de mes folles illusions auprès de Laurence, auprès de la femme qu'il adore ! Combien je voudrais le revoir, lire le mensonge, la trahison dans son regard, lutter avec lui d'hypocrisie !... Ils se trouvent grands, ils se trouvent dignes, ils se trouvent nobles et généreux, sans doute, l'un et l'autre, après s'être joués de tous ceux qui les aimaient, après avoir abusé de mon enthousiasme pour Ambroise et de l'amitié confiante de M. de Rouallec. Pauvre Sylvestre ! un philosophe, un aveugle, toi aussi ; toi aussi, tu te

laissais dominer par tes facultés les plus hautes,
par tes attractions intellectuelles; toi aussi, tu
ignorais les belles passions mondaines; toi
aussi, tu as été stigmatisé par les théories
d'Ambroise, tu es devenu sa victime! Comme
elle a dû rire de moi, Laurence, pendant son
dîner de fiançailles! C'était bien leur dîner
de fiançailles, ce repas pour lequel j'avais pris
tant de soucis; ce repas pendant lequel, dupe
sotte et ridicule, je me suis crue belle, admirée,
aimée... aimée d'Ambroise!...

Aimée! non, je ne voudrais pas l'être, fût-ce
d'Ambroise, au prix de ces intrigues, de ces
bassesses!... Oui, elle dit vrai, la belle Laurence, moi, Clarisse la mathématicienne, Clarisse la philosophe, c'est-à-dire Clarisse la laide,
la disgracieuse, la pédante, la vieille fille....
Moi, cette Clarisse-là! je suis pourtant un peu
trop fière pour qu'il me fût possible d'imaginer,
avant la lecture de ce journal, de ces lettres, à
quel degré d'humilité, d'abaissement, les superbes Laurences descendent.

Comment ne pas s'agenouiller devant des
créatures assez supérieures pour se vêtir de soie
gris perle et de dentelles, assez héroïques pour

se promener dans les sapinières au clair de
lune, assez angéliques pour entrer, en plein
jour, chez un jeune homme, pour lui déclarer
leur amour, pour le demander en mariage,
assez sublimes, enfin, pour se jeter une fois de
plus à sa tête après qu'il les a indignement
trahies?

Et je me suis crue la cause du repentir d'Ambroise après l'équipée de la pirogue! Du repentir chez Ambroise à propos de moi! Il s'agissait
tout simplement de ne pas réveiller d'humiliants souvenirs dans la mémoire de Laurence, de ne pas exciter ses soupçons!...
Grotesque philosophe, j'avais compté sur la
raison, sur le bon sens d'Ambroise, jusqu'à
supposer qu'il pouvait trouver quelque charme
dans la conversation d'une femme intelligente;
jusqu'à me croire l'objet de ses préoccupations,
la cause de son séjour à Veules!

Qui empêchait Laurence d'annoncer simplement son mariage à sa tante, à moi, à tous?
Personne; mais le mensonge, le mystère, les
entrevues secrètes, défendues, les courses aven-
tureuses, sont les aiguillons de ces sortes
d'amours! Combien j'avais raison, rue Saint-

Jacques, lorsque je me croyais d'une autre
espèce que cette triste personne! Quelle honte
pour moi d'avoir un seul instant souhaité de lui
ressembler! Le secret de sa puissance, je viens
de le pénétrer. Ce n'est pas même son charme
superficiel, la finesse de ses traits, ses élégantes
toilettes qui lui ont conquis l'amour d'Ambroise; c'est, j'en suis certaine aujourd'hui,
sa profonde perversité!...

Deux jours plus tard, 24 août.

Ces chambres vident m'étouffent. Le jardin,
les champs environnants sont trop étroits pour
contenir mes agitations et mes colères. Il faudra
bien pourtant qu'Ambroise revienne ici. Mais
ses blessures, si tant est qu'elles existent,
seront longues à guérir. Quant à jouer sciem-
ment aujourd'hui un rôle de ridicule comparse
dans l'intrigue de Laurence, je n'y veux même
pas songer. Rien, rien pour tromper mon impatience, pour occuper ma pensée. Pas même
la société d'Hector, qui, par je ne sais quel
caprice, passe aujourd'hui toutes ses heures

auprès de la Sylvie, une admiratrice, une
émule aussi de Mme de Breuille et de Laurence!
J'errais hier depuis le matin, en plein soleil,
au milieu des blés mûrs, quand je me suis
trouvée, sans trop savoir comment, sur la
grand'route, à vingt pas des premières maisons
de Veules. La foule de l'endroit, une demi-
douzaine de baigneurs, se porte invariablement
à la gauche du village, vers les cressonnières :
j'ai pris la droite. Après avoir mis en mouvement les roues d'une scierie mécanique, l'un
des deux ruisseaux de Veules coule au bas des
collines qui continuent la falaise. Ces collines,
entièrement revêtues d'arbres, d'arbustes et de
buissons, ne sont séparées du ruisseau que par
un très-étroit sentier que l'eau vient souvent
interrompre. Bâties sans ordre aucun, à une
assez grande distance de la colline, les chau-
mières de Veules s'ouvrent sur la grand'route.
La misérable hutte de la mère Pignerelle fait
seule exception. Deux planches vermoulues,
dont les bouts reposent sur la dernière marche
d'une petite porte de derrière, la relient à la
montagne. En franchissant l'extrémité de cette
planche, je remarquai autour de la cabane des

pétunias, des géraniums, des verveines, ressemblant singulièrement aux verveines, aux géraniums, aux pétunias de Mme de Breuille. La Sylvie sait mettre à profit les circonstances. Aux approches de la plage, le terrain se relève et le ruisseau forme une sorte de mare qui filtre goutte à goutte jusqu'à la mer, entre le sable et les galets. Vers cet endroit aussi les lignes de la colline se brisent, et de petites fissures transversales, aux pentes rapides et recouvertes d'une herbe glissante, permettent d'atteindre le sommet de la falaise sans passer devant les croisées de Mme de Breuille.

J'entrepris cette ascension, et je dominai bientôt le jardin du cottage. Sous le bosquet des acacias, la belle Laurence, toujours vêtue de blanc, causait avec Eugène Nantier. Pour éviter leurs regards, je m'empressai de gagner l'étroit sentier, qui sépare la montagne du jardin de Mme de Breuille. Une haie d'aubépine me cachait les causeurs, mais aucune de leurs paroles ne m'échappait.

« Impossible d'aller à la pêche par ce vent-là, disait Eugène d'un ton plein d'ennui. Que faire jusqu'à sept heures du soir ?

— Travaillez, répliqua Laurence.

— A quoi? puisque vous avez fait renvoyer mon modèle.

— Moi ! dit Laurence d'un accent évidemment troublé.

— La percale la plus verte n'intercepte guère que les regards, ma *chère nièce*, reprit le mari de Mme de Breuille, en insistant plaisamment sur son titre de parenté ; si j'ai perdu quelques détails du réquisitoire de Monique contre la Sylvie, réquisitoire dans lequel il s'agissait, je crois, d'Ambroise et d'une pirogue, la sentence prononcée par vous m'est parvenue de la première à la dernière syllabe; c'était bref, d'ailleurs : « Que cette petite fille retourne au plus tôt chez elle. » Il n'a fallu rien moins que les grands événements survenus quelques heures plus tard, la chasse à la mouette, les blessures d'Ambroise, pour que je ne vous aie pas reproché le jour même cette phrase-là. J'ai rencontré hier la Sylvie sur la plage, elle était triste et changée à faire pitié. Son brusque renvoi du cottage lui a fait le plus grand tort dans Veules, m'a-t-elle raconté, toutes ses anciennes amies évitent de lui parler; de plus,

elle vous aimait, Pauline et vous, la pauvre enfant; elle ne peut prononcer vos deux noms
sans pleurer. Puisque les défiances maladives
de Pauline rendaient presque inévitable l'éloignement de Sylvie, vous du moins, Laurence,
vous auriez dû user de votre influence sur
votre tante pour éviter les inconvénients d'un
congé subit à la petite pêcheuse de crabes. »

Il y avait de la bonhomie, une émotion sincère dans l'accent d'Eugène.

Laurence se taisait. J'écartai sans bruit les
branches de l'aubépine, et je pus observer son
embarras et sa rougeur.

Eugène s'était armé d'une longue-vue, il
semblait concentrer toute son attention sur les
grosses lames qui, à droite, à gauche, à l'in-
fini, blanchissaient la mer d'écume. Revenant
subitement de sa préoccupation de tout à l'heure,
il déposa sa longue-vue sur une chaise et mit
sous les yeux de Laurence un petit album
ouvert.

« Regardez cette esquisse; je perdrai, grâce
à vous, un succès, un véritable succès, » répétait-il, avec une intonation très-peu aimable
pour Laurence.

Mme de Rouallec prit l'album, l'examina pendant quelques instants, et le rendit à Eugène sans lui adresser aucune observation. Elle s'accouda ensuite sur le petit mur à hauteur d'appui qui fait face à la mer et sembla oublier complétement la présence d'Eugène Nantier. L'artiste se mit à crayonner comme au hasard sur son album; de temps à autre, il jetait un coup d'œil sur Mme de Rouallec; Laurence fit un mouvement vers l'entrée du bosquet.

« Ne bougez pas, de grâce, ne bougez pas, cria Eugène. Éclairée par ce soleil d'orage, les cheveux au vent, vous étiez d'une beauté fantastique. »

Laurence revint complaisamment s'accouder sur le mur.

« Si je vous confessais un crime impardonnable, me le pardonneriez-vous ? reprit bientôt Eugène Nantier en continuant son dessin.

— Voyons le crime d'abord, dit Mme de Rouallec.

— Eh bien, je vous ai regardée pendant près de dix années sans trop vous admirer. Pourriez-vous m'expliquer cela ?

— J'ai peut-être embelli. »

— Ce n'est guère probable, répliqua machinalement Eugène.

— Habile façon de réparer vos torts, » s'écria Laurence en riant.

Eugène ne répliqua rien d'abord.

« C'est évident, c'est incontestable, vous avez embelli, prodigieusement embelli, cria-t-il tout à coup avec l'accent du plus vif enthousiasme. Je n'ai jamais rien vu d'aussi beau que vous en cet instant.

— Montrez-moi donc cela, » dit Laurence en étendant la main vers l'album.

A ce moment Mme de Breuille appela son mari de l'une des croisées du cottage. Eugène quitta le bosquet en laissant son album entre les mains de Mme de Rouallec.

Laurence arracha la page sur laquelle se trouvait son portrait, la déchira en quatre morceaux qu'elle froissa négligemment entre ses mains et qu'elle lança par-dessus la haie d'aubépine. Je n'eus qu'à étendre le bras pour m'emparer des débris du portrait.

Eugène Nantier revint bientôt, ayant au bras M. Sivignac, qui semblait marcher avec peine. Mme de Breuille, puis Laurent, puis le

lévrier persan Antar, puis la fameuse mouette,
sauvée par Ambroise, firent successivement
leur entrée dans le bosquet. J'entendis, pendant plus d'une demi-heure, la plus insipide
causerie. Antar eut enfin l'heureuse inspira-
tion de donner la chasse à la mouette. Laurent courut à la défense de l'oiseau, Eugène
à la poursuite de son chien, Mme de Breuille
ne tarda guère à s'inquiéter de son mari, et
aucun de ces personnages ne reparut dans le
bosquet.

Assis en face l'un de l'autre, dans des fau-
teuils rustiques, Ambroise et Laurence demeu-
raient silencieux. Mme de Rouallec creusait le
sable du bout de son ombrelle, M. Sivignac
s'absorbait dans l'étude des nervures d'une
feuille d'acacia.

« Pourquoi évitez vous si soigneusement,
depuis cinq jours, toute occasion de vous trouver seule avec moi? dit Ambroise, sans regarder Laurence. Je vous aurais dit.... je vous
aurais expliqué....

— Non, pas d'explications, je vous en supplie, interrompit vivement Laurence. Il m'importe fort peu, ajouta Mme de Rouallec, avec

un visible effort pour contenir son agitation
intérieure, il m'importe fort peu que vous
ayez fait deux, trois ou quatre promenades en
pirogue avec la petite pêcheuse de crabes ;
ce qui m'importe, ce que je voudrais savoir,
poursuivit Laurence avec une animation
croissante, c'est pourquoi l'homme et la
femme, nés pour s'aimer, ne pouvant être
heureux que par l'amour, sentent et agissent
d'une manière si diverse. Voilà le problème qui
m'inquiète depuis que je comprends quelque
chose à l'existence, l'énigme qui me torture
aujourd'hui. Non, ce ne sont pas les préjugés,
les coutumes qui nous font si différentes de
vous, nous autres femmes ! Des préjugés !
élevée comme je l'ai été, bercée ensuite des
théories que vous savez, pouvais-je en avoir,
moi ? Ce n'est pas non plus, exclusivement du
moins, le sentiment du devoir, ce qu'on
nomme, pour nous, la vertu. Bien des fois,
oui, bien des fois, insista Laurence d'une voix
exaltée, tandis que ses yeux se remplissaient
malgré elle de larmes, bien des fois, à Rouallec,
pendant les lugubres nuits d'hiver, après ma
visite à l'hôtel du comte Flinck, je me suis

proposé, j'ai résolu de vous imiter, de prati-
quer l'amour selon votre système, de vous
aimer, vous, et puis d'aimer encore, en même
temps, qui? je ne sais?... le premier venu.
Et je me complaisais dans ma résolution, je
m'en enorgueillissais, jusqu'au moment où,
brisée de douleurs, étouffée par les larmes,
j'étais obligée de m'avouer que réaliser ce rêve
c'eût été pour moi le plus cruel des sup-
plices, l'enfer! Une femme, fût-ce la plus
déchue entre toutes, ne saurait accepter,
sans désespoir, les doctrines que prêchait avec
enthousiasme M. de Rouallec, une âme austère, cependant. Pourquoi? Pourquoi?... Parce
que, continua Laurence hors d'elle-même, parce
sans que, nos illusions insensées, sans notre
absurde acceptation de la souffrance, l'amour
disparaîtrait bientôt de ce monde. Nous ne
sommes même, nous autres femmes, ni insensées ni absurdes, d'entretenir à tout prix cette
sublime folie, puisque nous ne saurions nous
en passer !

— Oui, tu es sublime, s'écria Ambroise,
en tombant aux pieds de Laurence et en entou-
rant de son bras la taille de Mme de Rouallec;

mais tu es aussi parfaitement absurde au sujet de la Sylvie, et surtout effroyablement injuste pour toi-même. Jure-moi que tu n'as jamais fait ces projets affreux !

— Je les ai faits, dit Laurence, évidemment par bravade, car sa colère semblait déjà presque calmée.

— Vous êtes alors mille fois plus coupable que je ne l'ai jamais été, murmura Ambroise avec accablement. Pour en finir avec la pirogue, reprit-il, après un douloureux silence, votre cousine Clarisse est, au fond, seule responsable des conséquences de mon étourderie. Si son stoïcisme ne s'était pas trouvé en défaut devant les grosses lames de la Manche, je n'aurais jamais songé à faire entrer la Sylvie dans la coque de noix du futur notaire. »

Le silence se fit encore.

« N'avez-vous pas quelques remords, Laurence, de nos chagrins de ces derniers mois ? reprit enfin Ambroise profondément soucieux. Ne partirons-nous jamais pour Nice ?

— A la fin de l'automne, peut-être…. murmura Laurence.

13

— Si vous m'aimiez ! » s'écria Ambroise avec amertume, et il alla s'accouder sur le petit mur, à dix pas de Mme de Rouallec.

Laurence se rapprocha bientôt de lui.

« Pourquoi la fin de l'automne ?... » dit Ambroise, en attachant sur Mme de Rouallec des regards suppliants.

Laurence ne répondit pas.

M. Sivignac l'entoura de ses bras et la serra contre son cœur.

Ce que j'éprouvai en ce moment, je ne l'avais jamais ressenti, je n'en avais pas l'idée. Je demeurai derrière la haie, tremblante, brûlante, consternée, les yeux follement attachés sur Laurence, sur Ambroise, et ne les voyant pas !...

Pendant cet instant, une seconde peut-être, j'ai ressenti plus d'émotions que pendant tout le reste de mon existence. Lorsque je retrouvai quelque calme, Laurence avait quitté le bosquet, et M. Sivignac, toujours appuyé sur le petit mur, cachait sa tête entre ses mains.

Huit jours après.

Comment reverrai-je Ambroise, sans qu'il lise dans mes yeux la folie de cette heure-là?... De cette heure-là! de toutes mes heures. Deux jours, trois jours, huit jours se sont passés, et l'égarement, la torpeur fiévreuse qui m'ont tenue fascinée, brisée, derrière la haie d'aubépine, ne se sont pas un seul instant dissipés. Un voile s'étend entre mes yeux et les objets extérieurs; que je sois seule ou en face d'autres personnes, que j'agisse ou que je demeure inactive, je me sens comme enveloppée d'un épais brouillard, au milieu duquel je me consume en cauchemars sans issue, en regrets désespérés! Combien je suis loin aujourd'hui des impatiences, des colères, des courses folles de la semaine précédente. Mes jambes, d'ailleurs, se refuseraient à me porter. Ce matin, vers onze heures, je me suis assise dans la chambre d'Ambroise, au hasard, près de la porte, sur la première chaise venue. J'ai passé là une heure, deux heures, peut-être. Là?...

non, en face de la mer, sous les acacias, près
d'Ambroise. C'était à mes pieds qu'Ambroise
tombait, c'était moi qu'il suppliait, moi qu'il
entourait de ses bras.

La porte de la chambre s'est ouverte, et
Ambroise lui-même a paru.

« Pardonnez-moi cette brusque entrée,
m'a dit M. Sivignac en me tendant la main.
Vous avez été assez bonne pour me laisser croire
que cette maison était un peu la mienne. »

Puis Ambroise m'a expliqué qu'il avait reçu
de mauvaises nouvelles de Nice. Sa mère se
sentait beaucoup plus souffrante, et il partait
sur l'heure pour le Midi.

Je comprenais à grand'peine ses paroles.
Toujours assise près de la porte, je suivais ses
moindres gestes, j'admirais sa physionomie si
noble, si sympathique, si douce... si imposante
aussi. Anéantir cet orgueil, cette force, rendre
suppliantes ces lèvres fières, mettre des larmes
dans ces yeux sérieux et calmes, une femme
pouvait faire cela ; je l'avais vu faire à Laurence. Et moi !... moi !

Ambroise ne remarquait pas même mon
émotion. Il allait et venait du bureau à sa

malle ; il rassemblait ses papiers... ses vêtements... Il parlait de voitures, de pays... de
chemins de fer... d'heures d'arrivée, d'heures
de départ...

Enfin, il ouvrit le tiroir du journal, le tiroir
des lettres. Je m'imaginai... j'espérai qu'il y
découvrirait quelque désordre. Je crus un moment qu'il soupçonnait... qu'il devinait... qu'il
s'indignait !... Je me précipitai vers la table.
J'attendais avec anxiété, avec délire, qu'Ambroise me foudroyât d'un mot ou d'un regard.

M. Sivignac se baissa pour ramasser un
vieux journal, enveloppa soigneusement lettres
et papiers, puis alla déposer le tout au fond
de sa malle.

Cinq minutes plus tard, Ambroise m'embras-
sait en me chargeant de transmettre ses adieux
à Hector.

Rougeur, tremblement convulsif, désespoir
suprême, Ambroise n'avait rien vu !

Restée seule, je ne pleurai pas. Je n'en avais
pas le droit. Il faut être femme pour verser
des larmes d'amour. J'étais, moi, une créature
maudite, sans semblable, sans sexe ; un être
en dehors de tous les êtres connus....

Quand je repris conscience du monde extérieur, je me trouvais encore dans la chambre
d'Ambroise, assise devant une croisée ouverte.

Le soleil, un soleil d'août, commençait à se
calmer. Quelques papillons, quelques abeilles
voltigeaient encore des phlox aux lavandes. Les
mousses, les mauves, les herbes folles de l'ex-
jet d'eau, si vertes, si vivantes quelques semaines auparavant, n'offraient plus aujour-
d'hui à l'œil qu'un amas de feuilles mortes et
de tiges desséchées. Un chardonneret, perché
sur l'épaule de la sirène, s'acharnait sur les
graines plus que mûres d'un brin de seneçon.
Je suivais des yeux attentivement, passionné-
ment, les mouvements de la joyeuse petite
bête. A deux pas de ce chardonneret, sur la
dernière marche de la terrasse, entre le grand
phlox blanc et le massif de scabieuses, j'avais,
par une nuit belle et calme, passé de longs
instants près d'Ambroise, la main dans la
sienne, croyant vivre de ses émotions, de ses
pensées !... Je savais aujourd'hui ce que
rappelaient à M. Sivignac les nuits belles et
calmes.... Laurence ! Le parc, l'étang de Rouallec.... Laurence, implorant son amitié, sa

protection! Laurence, libre enfin par le suicide
du châtelain! Laurence toujours, partout Laurence! Une pensée subite me jeta hors de la
chambre, dans l'escalier, dans le jardin, dans
Veules. Ambroise n'était pas parti! Ce feint
départ avait pour but de fermer mes yeux, les
yeux de Mme de Breuille sur l'intrigue d'Ambroise et de Laurence. Je découvrirais l'asile
de M. Sivignac, je surprendrais ses rendez-
vous avec Laurence, je les dénoncerais, je me
vengerais! Me venger! La mansarde d'Eugène Nantier, le mariage précipité de Mme de
Breuille me revinrent à la mémoire. Est-ce
qu'on peut se venger des femmes qui savent
se faire aimer?

XII

Tout ce que j'avais lu, tout ce que j'avais entendu, tout ce que j'avais vu depuis quinze
jours, ne suffisait pas à me guérir de ma *stupidité philosophique*. Aujourd'hui enfin, aujourd'hui seulement, le voile qui couvrait mes
yeux s'est déchiré.

Moitié pour m'assurer de la réalité du départ
d'Ambroise, moitié par convenance, j'ai fait
hier une visite à Mme de Breuille. Midi sonnait
lorsque j'entrai au cottage.

« Vous me trouvez toute seule ici, m'a dit
en m'abordant la mère adoptive de Laurence ;
Eugène est à la pêche, et Mme de Rouallec vient
de se diriger vers les cressonnières, un livre sous
le bras. »

Je remarquai que le petit Laurent n'avait
pas été emmené par sa mère, pas même Antar !
Les cressonnières ne devaient être qu'un prétexte : j'abrégeai ma visite et je me mis en
quête de la maîtresse d'Ambroise.

Je ne rencontrai que quelques enfants du village dans les sentiers qui avoisinent les maré-
cages recouverts de cresson. Après une longue
et minutieuse exploration, je regagnai Veules ;
je parcourus le haut et le bas de la falaise, et je
tombai enfin épuisée de fatigue derrière des
massifs de houx et de sureaux suspendus à la
montagne, presque vis-à-vis la cabane de la
mère Pignerelle. En quittant Blaville, j'avais
pris au hasard un volume dans la biblio-
thèque de mon oncle le Berquet. Mes yeux parcoururent pendant près d'un quart d'heure,
sans que mon esprit y saisît rien, les pages de
la *Mécanique céleste*. Peu à peu, néanmoins,
les facultés d'abstraction dont j'étais autrefois
si vaine se réveillèrent. La solution des problèmes les plus ardus, l'intelligence d'abruptes
formules me causèrent des joies oubliées. L'é-
tude absorbait depuis plusieurs heures toutes
mes facultés, lorsque le bruit d'une porte, ou-

verte près de moi, me fit machinalement lever
la tête. Laurence, la belle Laurence, sortait avec
Engène Nantier de la chaumière de la mère Pignerelle. Bien qu'embarrassé de son attirail de
peintre, d'un livre et d'une ombrelle, le mari
de Mme de Breuille tendit la main à Mme de
Rouallec, et, avec des soins infinis, lui fit traverser l'étroite planche qui sert de pont sur le
ruisseau. Il remit ensuite l'ombrelle et le livre
à la maîtresse d'Ambroise. Des serrements de
main, des sourires d'intelligence furent
échangés; puis l'*oncle* et la *nièce* s'engagèrent
dans des routes opposées. Eugène remonta
vers le haut du village, Laurence descendit
droit au cottage le long de la montagne. Il n'y
avait pas à en douter : je surprenais un rendez-
vous, un rendez-vous d'amour entre l'indigne,
l'hypocrite fiancée d'Ambroise et l'époux adoré
de Mme de Breuille. Parfois, au milieu de mon
désespoir, de mes colères, de mes furieuses
rancunes, quelques scrupules s'étaient éveillés
en moi sur la légitimité de mon mépris pour
Laurence. Des scrupules envers une femme
pareille!

Laurence marchait légèrement, coquettement, remplissant le sentier de flots de mousseline, de dentelles, de nœuds flottants. Entre le rendez-vous de tout à l'heure et les souvenirs d'Ambroise, entre son complice et la victime qui les attendait tous les deux au cottage, entre la trahison et le mensonge, Laurence souriait... elle était belle, brillante, heureuse, si calme qu'elle s'arrêtait presque à chaque pas pour cueillir une fleur sauvage ou pour contempler les évolutions des insectes au-dessus du ruisseau. Et moi ! moi l'habitante de l'empirée ; moi l'austère mathématicienne, moi la femme sérieuse, intelligente et forte, moi Clarisse, haletante, furieuse, désolée, les vêtements souillés de poussière, les mains déchirées aux épines, je me cachais comme une bête fauve dans les buissons !

Dès que Laurence eut disparu, je me laissai rouler jusqu'au bas de la montagne ; je voulais explorer la chaumière, confondre les misérables qui s'y abritaient. L'unique entrée de ce côté, la porte faisant face au ruisseau, se trouvait soigneusement fermée. Je l'ébranlai ; je tentai de forcer la serrure. Les ferrements rouillés résistèrent. Je compris enfin la folie

de mon action. En vertu de quel droit pouvais-
je violer le domicile de ces femmes.

Il me fallait pourtant examiner les lieux,
recueillir des renseignements précis pour Ambroise. Je m'acheminai en hâte vers la grande
route pour redescendre ensuite dans le village.

Après avoir dépassé la scierie mécanique et
deux ou trois maisons, on rencontre une sorte
de ruelle qui sépare des cours de ferme et des
vergers. Cette ruelle aboutit au jardin de la
pêcheuse de crabes. Etais-je jamais entrée chez
ces malheureuses ? J'en doutai dès le premier coup d'œil jeté autour de moi. Le fumier,
la basse-cour, les ustensiles de labourage se
trouvaient relégués à l'angle droit de la chaumière, derrière une muraille de charmille. Des
choux, des artichauts, des salades s'épanouis-
saient au milieu de larges bordures de fleurs
d'automne. Des vignes, des pêchers chargés
de fruits tapissaient la maison.

Au détour d'une allée, je me trouvai en
face de la mère Pignerelle. Il fallait un prétexte à ma visite.

« Mon cousin Hector est-il chez-vous ? demandai-je à la vieille femme.

— Je ne crois pas, mademoiselle : Sylvie
vous le dira d'ailleurs mieux que moi, » me
répondit la vieille avec une effrayante tran-
quillité. »

Je pénétrai dans la chaumière.

Les bras demi-nus et presque blancs aujour-
d'hui, les cheveux relevés avec un art, une
coquetterie qui me rappela la scène de l'atelier, la Sylvie assise sur une chaise basse,
devant une fenêtre ouverte, raccommodait des
filets.

« Vous avez vu tout à l'heure Mme de
Rouallec, dis-je sans préambule à la pêcheuse
de crabes.

— Non, mademoiselle, » répliqua Sylvie en
serrant prestement un nœud.

Tant d'impudence me mit hors de moi; je
me sentis rougir, trembler, à tel point que je
craignis de m'exposer au ridicule si je poursuivais mon interrogatoire.

Des livres aux reliures très-connues de moi,
appartenant à Hector, couvraient les chaises,
les bahuts. J'ouvris successivement saint Au-
gustin, Bossuet, de Maistre.

« Est-ce que mon cousin vous lit cela? dis-

je en présentant à la Sylvie le premier volume des *Soirées de Saint-Pétersbourg*.

— Pas maintenant, heureusement, répliqua
la pêcheuse de crabes avec un éclat de rire
perlé. J'aime bien mieux *Robinson Crusoé; s'il
y a vraiment des îles où l'on trouve les beaux
oiseaux, les belles fleurs, les grandes forêts
dont parle cette histoire-là, comme je voudrais
y aller ! » ajouta-t-elle d'un accent transporté.

La nourrissonne de la mère Pignerelle, la ser-
vante de Mme de Breuille, la complaisante de
Laurence et d'Eugène, m'apparut éblouissante
de beauté enfantine, et poétique à la fois dans
son élan d'enthousiasme. Je la suivais pas-
sionnément des yeux, je l'admirais, je l'enviais!
J'enviais la pêcheuse de crevettes ! Où étais-je
donc moi-même tombée ?

« Je vous apporterai des livres qui vous plai-
ront, dis-je, pour me ménager une occasion
de retour. Et moi, entrée dans cette chaumière
pour écraser des misérables, je m'enfuis humiliée, honteuse, en jetant un regard de colère
sur les œuvres sublimes égarées là. Je les haïs-
sais, ces livres ? N'étaient-ce pas eux qui
m'avaient fait laide, pédante, grotesque ?...

Le lendemain.

Je les ai revus ! Dès dix heures, j'étais tapie entre les houx. Eugène est arrivé le premier, toujours par le haut du village, dans son costume à la Van-Dyck, le dos chargé d'un parasol blanc, d'un pliant, de sa boîte à couleurs.

Il a franchi la planche, il a poussé doucement la petite porte qui ne s'est pas ouverte, puis il est revenu s'asseoir de l'autre côté du ruisseau.

Un brin d'herbe à la main, il s'occupait consciencieusement depuis une demi-heure du sauvetage des moucherons en détresse, quand, à l'extrémité opposée du sentier conduisant vers la mer, est enfin apparue Laurence. Relevant de la main droite les plis traînants de son peignoir lilas, elle écartait de l'autre les ronces pendantes et les branches d'arbre qui menaçaient les plumes d'un coquet chapeau de campagne. Un petit livre à couverture jaune entrebâillait la poche du peignoir. Aucun nuage

sur les traits de la fiancée d'Ambroise, aucun
embarras dans sa démarche, Mme de Rouallec
atteignit le petit pont de planches avant que
son complice retournât la tête.

« Vous oubliez déjà nos conventions, » lui dit
Laurence d'un ton d'affectueux reproche, en lui
touchant l'épaule du bout de son ombrelle.

Eugène releva brusquement la tête.

« La falaise m'ennuyait, répondit-il d'un
ton dégagé. Je suis d'ailleurs resté sur le domaine public, ajouta-t-il en rechargeant sur
ses épaules son pliant, son parasol et sa boîte à
couleurs qu'il avait déposés à terre près de lui.

— Ce n'est guère moins imprudent, » murmura Laurence en sortant de sa poche une
grosse clef.

Mme de Rouallec ouvrit elle-même la porte
de la cabane ; elle-même la referma intérieure-
ment avec soin, après qu'Eugène Nantier l'eut
franchie.

Sans hésitation aucune, je pris ma course
vers le village, je descendis en courant l'étroite
ruelle, et je me précipitai dans la chaumière.

La mère Pignerelle filait bruyamment au
rouet auprès de cette même fenêtre, devant la-

quelle se tenait hier la Sylvie. Nulle trace de
cette dernière, de Laurence, ni d'Eugène.

L'excessive petitesse intérieure de la chaumière ne m'avait pas frappée la veille. Plus
maîtresse de moi, cette fois, je conclus à l'instant de cette observation, que la porte percée
au fond entre les deux lits, s'ouvrait sur un
second appartement, et non sur la montagne.

« J'apporte des livres à la Sylvie. Où se
trouve-t-elle? demandai-je avec un calme
affecté à la vieille femme.

— Possible à pêcher des crevettes, possible
aussi avec sa chèvre sur la montagne, répondit
sans se troubler la malheureuse.

— Je vais à sa recherche. On doit gagner
plus vite les hauteurs par cette porte-là? » dis-je
en me dirigeant droit entre les deux lits.

L'hypocrite impassibilité de la mère Pignerelle ne tint point contre mon épreuve. D'un
bond, la vieille femme fut sur pied et son fu-
seau alla rouler sous l'un des lits.

Puis se rappelant sans aucun doute la précaution qu'elle avait prise, la mère adoptive
de la Sylvie se rassit devant son rouet.

« C'est condamné, cette sortie-là, ma bonne

14

demoiselle, dit-elle en choisissant un autre fu-
seau et en renouant paisiblement son fil; condamné à cause des poules. Les poules ça dé-
vore tout, et nous avons dans ce chenil trois
sacs de blé moulu. Tant que la clef restait à la
serrure, j'avais beau crier, la Sylvie ouvrait
toujours. »

J'en savais assez. Je quittai la chaumière et
je courus à travers le village, la tête en feu.

Pourquoi entrai-je au cottage ?... J'appren-
drais peut-être là quelque nouvelle imprévue,
inouïe.... et puis, je souffrais trop, je ne pouvais pas rester seule.

Mme de Breuille parcourait des journaux
sous les acacias; jamais je ne l'avais vue aussi
souriante, aussi gracieuse.

« Vous voyez, m'a-t-elle dit, la destinée des
paresseuses à la campagne. Laurence s'est
passionnée, depuis quelques jours, pour les
cressonnières comme la plus vulgaire des baigneuses; quant à Eugène, il peint la mer de
Saint-Valéry; la mer de Saint-Valéry ne res-
semble en rien au reste des mers, affirme-t-il.
J'ai péremptoirement refusé, ce matin, d'aller
m'assurer de ce phénomène-là.

— Ah ! dis-je avec un accent probablement étrange.

— Auriez-vous rencontré Eugène ? » s'écria Mme de Breuille, en attachant sur mes yeux des regards perçants.

Il me sembla qu'elle lisait dans mon âme. J'étais d'ailleurs beaucoup trop troublée pour inventer un mensonge.

« J'ai cru voir M. Nantier dans le village, balbutiai-je.

— Où ? s'écria Mme de Breuille avec une brièveté terrible.

— Près de la scierie.

— Il aura pris par là, » articula péniblement l'infortunée, en s'efforçant de rendre le calme à ses traits crispés.

Puis, la mère adoptive de Laurence s'efforça de me dire que le temps était beau ; que les baigneurs devenaient de plus en plus nombreux à Veules ; qu'Antar avait pris, la veille, un levreau à la course. Toutes ces phrases demeurèrent inachevées.

Deux journaux, lacérés en une seconde, allèrent voltiger sur les galets. J'oubliais presque mes propres souffrances devant cette

angoisse désespérée. Ne sachant quelle contenance garder, redoutant des questions posi-
tives auxquelles je n'aurais pu répondre sans
jouer le rôle odieux d'une dénonciatrice inté-
ressée, sans m'exposer au mépris d'Ambroise,
je prétextai des affaires de ménage pour me
retirer au plus tôt.

« As-tu été, ce matin, chez Sylvie ? demandai-je, après le dîner, à mon cousin Hector.

— Ne t'ai-je pas mille fois répété que j'y
allais chaque jour ? » m'a répondu Hector en
quittant la salle à manger.

Hector ne peut être le complice de ces
misérables. De quelle intrigue est-il donc la
dupe ?

Quatre jours plus tard.

Tous partis !... plus personne, si ce n'est
Monique, au cottage. Pendant les deux jours
qui ont suivi ma visite à Mme de Breuille, il a
tombé une de ces pluies torrentielles qui, surtout à la campagne, rendent les communica-
tions impossibles. Hector lui-même, Hector,
pour lequel toutes les saisons, tous les jours,

tous les ciels sont, je crois, semblables, a dû
renoncer pendant ces deux journées à visiter
la Sylvie. Hier enfin j'ai pu sortir. De onze
heures à quatre heures je suis restée assise
derrière les houx, et je n'ai vu ni Laurence ni
Eugène. La pêcheuse de crabes est venue
puiser de l'eau au ruisseau pour arroser ses
pétunias. Elle m'a semblé triste, ses cheveux
tressés sans soin flottaient sur ses épaules.
J'éprouvais moi-même un douloureux sentiment d'isolement, d'abandon ; le soleil me
paraissait condamné à demeurer voilé pour
l'éternité, le sentier à rester toujours désert.
La terre était humide encore du déluge de la
veille : j'avais froid. Je gagnai lentement le
bord de la falaise. Longtemps je regardai la
mer, sans tourner la tête vers le cottage ; les
vagues se succédaient noires, lourdes, monotones ; pas un baigneur dans l'eau ni près des
cabanes.

Mes yeux plongèrent enfin dans le jardin de
Mme de Breuille.

Du haut en bas, sans en excepter les portes-
fenêtres s'ouvrant sur le jardin, toutes les
ouvertures du cottage étaient fermées. Perchée

sur le dossier d'un fauteuil rustique, dans le bosquet des acacias, la mouette me parut la seule habitante du jardin.

Je descendis sur la plage, je remontai le sentier des baigneurs et je tirai la sonnette du cottage sans trop espérer qu'on m'ouvrît.

Monique se montra bientôt. Depuis la scène de l'atelier, la villageoise me témoigne une vive sympathie. Elle s'imagine sans doute que je partage son inimitié contre la Sylvie.

« Il s'est passé ici de belles choses! » s'est-elle écriée sans attendre mes interrogations.

Monique m'apprit que l'avant-veille, aussitôt après ma sortie du cottage, Mme de Breuille s'était enfoncée dans les rues de Veules et qu'on ne l'avait plus revue.

« C'est à l'heure du dîner seulement, continua la paysanne, que M. Eugène et Mme Laurence ont commencé à s'inquiéter, à se consulter. Jamais ils n'ont voulu se mettre à table. Quand la nuit est venue, ils se sont affolés. Monsieur est parti en courant pour Saint-Valéry. « Je lui ai dit que j'y passerais la « journée, elle sera allée m'y chercher, » criait-il.

« Mme Laurence parcourait toutes les rues du village, frappant aux portes, réveillant les gens déjà endormis, pour leur demander sa tante. Enfin, sur la grande place, nous avons rencontré le vieux Jean qui s'était attardé à la foire de F..., et qui en rapportait une lettre de Mme de Breuille pour sa nièce. Madame la lui avait remise elle-même sur la place du marché.

« Ma tante a eu affaire à Paris, elle va bien. »

« Voilà ce que m'a dit Mme Laurence, après avoir lu et relu son billet dans la boutique encore ouverte d'un marchand de tabac. Je lisais, moi, dans ses yeux, qu'elle ne se trouvait pas hors de peine. Monsieur n'est revenu de Saint-Valéry qu'au jour levant, et Mme Laurence, qui n'avait même pas paru songer à se coucher, l'a emmené dans le salon, dont elle a si vite refermé la porte, que je n'ai guère pu deviner ce qu'ils se racontaient. Quelques heures plus tard, c'était dans tous les coins et recoins de la maison des emballages, des préparatifs de départ. J'allais et je venais au milieu de tout cela et j'entendais par-ci par-là ce que disaient Mme Laurence et monsieur.

« — Mais non, c'est impossible, a répondu
monsieur à je ne sais quelles paroles de
Mme Laurence. Sa lettre, si calme en apparence, cache évidemment de nouvelles hallucinations jalouses. Ne comprenez-vous pas que
nous tournons dans un cercle vicieux ? Des
soupçons éternels m'obligent à m'entourer de
mystère, à mentir à propos des choses les
plus simples, et ces mystères, ces mensonges,
lorsque le hasard les découvre, deviennent à
ses yeux la preuve de mes prétendues trahi-
sons. Rien n'est possible, et puisqu'elle me
rappelle dans sa lettre mon projet de voyage
aux Pyrénées, j'irai dans les Pyrénées.

— « Elle est bonne, elle souffre, a dit
Mme Laurence.

« — Sa colère actuelle ne tiendrait probablement pas longtemps contre mes prières, a
répondu monsieur, mais sa conviction intime
n'en serait en rien ébranlée. Dès le lendemain
de la réconciliation, elle se reprocherait ses
témoignages d'affection comme un acte de
faiblesse, et le supplice de tous les jours re-
commencerait pour moi avec aggravation de
défiance.... Sais-je même, a ajouté plus bas

monsieur, comment mes supplications pourraient être interprétées ? Non, a-t-il repris avec
colère, en jetant à terre et en foulant aux pieds
ses déguisements de théâtre ; non, il faut que
cela finisse ! Il le faut ! Je n'aurais peut-être
jamais trouvé en moi-même la force de renoncer à mes sottes futilités, à mes fantaisies va-
niteuses. La nécessité va faire de moi un
homme.... peut-être un artiste !... »

« Midi n'avait pas sonné, que monsieur partait à cheval, sans vouloir même attendre la
voiture du chemin de fer pour ses bagages ; et,
le soir, à six heures, Mme de Rouallec s'en est
allée avec Laurent.

« — Qu'y a-t-il, selon vous, au fond de cette
histoire ? ai-je demandé à Monique.

« — Eh ! que voulez-vous qu'il y ait, si ce
n'est cette affreuse petite bâtarde de Sylvie ?
m'a répondu la villageoise avec conviction.
Même la porte du salon fermée, j'ai entendu
M. Eugène et Mme Laurence prononcer bien
des fois son nom. »

Je laissai l'honnête créature dans son erreur.

« Tous les habitants de Veules ont disparu, ai-je dit le soir à Hector.

— Eh bien, laisse-les courir. »

Quelque bizarre, quelque égoïste, quelque grossier que soit Hector, ce laconisme m'a donné à réfléchir.

A quel mot d'ordre Hector obéit-il ?

20 septembre.

Plus rien ! J'étais comparativement heureuse, derrière la haie d'aubépine, au milieu des buissons de houx. Certains endroits de Veules conservaient encore un intérêt pour moi. J'avais un but en m'éveillant le matin : surveiller tous les mouvements de Laurence ; un espoir, l'espoir de démasquer aux yeux de tous son infamie. Pourquoi m'éveiller ? Pourquoi vivre aujourd'hui ?

Eugène et Laurence ont dû nécessairement se rejoindre dans les Pyrénées ; ils courent joyeusement les montagnes, en plein soleil ; Ils sont tous les deux intrépides, tous les deux beaux : on les admire ; on les envie ! Et, le soir venu, le soir, Laurence étendue devant quelque paysage splendide, dans une de ces

poses nonchalantes qui la rendent si merveilleusement belle, répond aux lettres passionnées d'Ambroise. J'ai honte.... j'ai peur de
moi-même.... Je voudrais perdre la faculté
d'analyser mes impressions, le pouvoir de dis-
séquer mon cœur. Il faut bien me l'avouer,
en face de la corruption triomphante de Laurence, ce n'est plus de l'indignation que j'é-
prouve, c'est une intense jalousie ! S'il m'était
possible de ressembler à Laurence, à la condition de lui ressembler en tous points, en tous,
accepterais-je ? Oui mille fois oui. Combien je
la méprise !

XIII

Je n'y tenais plus; j'ai laissé Hector et la cuisinière à Blaville, et je suis revenue à Paris.

Le bureau poudreux de mon oncle le Berquet, le fauteuil de paille de la mère d'Hector, les caisses à fleurs à moitié défoncées aux croisées de la salle à manger, je retrouve tout; et tout cependant me semble étranger, rue Saint-Jacques. Ce ne sont plus des problèmes d'algèbre, des hypothèses méthaphysiques, des systèmes sociaux, qui s'agitent, qui se heurtent entre les parquets déjetés, les plafonds enfumés, les tapisseries flétries. Une certaine harmonie existait entre ces graves préoccupations et notre triste demeure. Les chaises

boiteuses, les in-folio jaunis, les tapis maculés
d'encre et d'huile, empruntaient une sorte de
beauté aux brouillards philosophiques sans
cesse flottants dans l'air du vieux logis. Mais
aujourd'hui.... vus à travers l'éblouissante
lumière des grèves, les gerbes de fleurs du cottage, les fraîches toilettes de Mme de Breuille,
les allures pimpantes d'Eugène, la poétique
silhouette de la Sylvie; à travers surtout les
radieuses apparitions d'Ambroise et de Laurence, à travers leurs sourires, à travers leurs
larmes, à travers leurs baisers.... meubles, in-
folio, logis, tous ces hideux tous ces ignobles témoins, tous ces associés, devrais-je dire, de
mon existence de trente années, ne m'inspirent
plus que dégoût et que honte !

J'ai été voir hier Mme de Breuille, c'était
une indispensable politesse. Restée à Veules
deux semaines au moins après elle, je ne pouvais être censée ignorer son départ. J'espérais aussi un peu apprendre de Mme de Breuille
quelque chose de Laurence, quelque chose
d'Ambroise. Rien.

La pauvre femme m'a émue de pitié. Impossible de reconnaître en elle la charmante

reine de Veules (nom que lui donnaient il y
a seulement un mois tous les baigneurs) ; son
visage s'est ridé, creusé, sa maigreur devient
effrayante; à chaque instant des palpitations
de cœur, des étouffements coupent ses
phrases.

Elle a souri pourtant en m'apercevant,
elle s'est mise en frais d'amabilité pour moi.

Aucune allusion à notre dernière entrevue
n'a été faite par elle durant notre longue causerie, mais elle a cru devoir s'excuser de
n'être pas venue me serrer la main à Blaville
avant de quitter le cottage.

« Laurence et Eugène ont été probablement
aussi coupables que moi envers vous, a-t-elle
poursuivi, en affectant une gaieté qui me dé-
chirait l'âme. La lettre de mon homme d'affaires
a produit dans notre paisible association du cottage l'effet d'un coup de fusil dans un vol de
halbrans. Nous jurions tous la veille de ne
quitter jamais la plage de Veules, et, dès le
lendemain, chacun tirait de son côté. »

Un spasme horrible est venu interrompre
ces généreux mensonges. J'ai sonné, une
femme de chambre est accourue. Craignant

d'être la cause indirecte de cette crise, je me suis empressée d'abandonner l'hôtel de la rue du Rocher.

Eh bien, le sort de cette femme lâchement jouée, par les deux êtres qui lui sont le plus chers, indignement trahie par un mari et par sa fille adoptive comblée de ses bienfaits, le sort de cette femme qui se meurt dans la solitude et dans l'angoisse, je le préférerais mille fois au mien. Mme de Breuille a aimé, elle a été aimée, elle a vécu une existence humaine, une existence de femme.... Que sont les douleurs de la vie comparées à l'incessante torture du néant, au désespoir sans nom d'apprendre à la fois qu'il y a en ce monde des félicités infinies, et que seule entre des millions et des milliards d'êtres, on n'y peut même pas aspirer ?

10 octobre.

Depuis deux nuits enfin je puis dormir, depuis deux jours j'ai recommencé à exister. Avant-hier, vers onze heures du matin, une lettre d'Ambroise m'est parvenue, lettre adressée à

Veules et mise sous une seconde enveloppe
par mon cousin Hector. Hector n'a pas même
pris la peine d'ajouter un mot de souvenir à
son envoi.

Que m'importait devant une lettre d'Ambroise? Après d'affectueux remercîments au
sujet de l'hospitalité de Blaville, Ambroise m'entretient exclusivement de la santé de Mme Sivignac. « J'ai eu l'idée, m'écrit-il en terminant
sa lettre, que le climat du Caire pourrait être
favorable à ma mère, et tous les médecins con-
sultés ont partagé cette opinion. Je ferai donc
très-prochainement, dans quinze jours au plus
tard, mes adieux à la France; pour combien de
mois? je l'ignore. »

Est-ce assez clair?... Tout est évidemment
brisé, rompu, entre Ambroise et Laurence.
Qui donc aura dénoncé l'infamie de sa fiancée
à M. Sivignac?

J'ai répondu immédiatement à Ambroise par
une lettre de quatre pages, dans laquelle je ne
me suis pas permis une seule parole pouvant
lui rappeler les honteuses intrigues du cottage.
Attaquer Laurence serait probablement le meil-
leur moyen de réveiller la passion, tout au

moins la pitié d'Ambroise pour son hypocrite idole. J'ai dû descendre mes trois étages pour aller jeter mon épître à la poste. Le temps m'a semblé si beau, Paris si gai, mes pieds si légers, que, pour la première fois depuis mon arrivée, je suis entrée dans le Luxembourg.

Je traversais l'allée des Marronniers, quand un désir a surgi dans mon esprit, et rapidement a grandi jusqu'au point de se transformer en projet arrêté, le désir de revoir l'amiral Le Berquet et sa femme. Depuis le jour mémorable de ma première communion, je ne savais à peu près rien de la famille Le Berquet. Comment avais-je pu oublier, pendant près de vingt années, d'aussi proches parents, un frère de mon père ! Se trouvaient-ils en ce moment à Paris, ces parents, et, même en ce cas, où les aller chercher ?

Une impétueuse renaissance d'activité, le besoin d'accomplir quelque acte inaccoutumé, comme pour inaugurer le début d'une existence nouvelle, me poussèrent au ministère de la marine. Là on pourrait sans aucun doute me donner tous les détails désirables sur l'amiral Le Berquet et sur les siens. Le plus imminent

15

péril ne m'aurait peut-être pas déterminée à
cette démarche avant les derniers événements de
Veules. J'entrai hardiment au ministère par la
rue Saint-Florentin, et j'appris du concierge que
l'amiral, de retour des mers du Sud, habitait
rue Monthabor.

Voir l'amiral Le Berquet, voir sa femme,
une amie de Laurence, c'était me rapprocher
d'Ambroise, c'était aussi me mettre, à même,
par l'intermédiaire des Peyrols, de surveiller
les mouvements de Mme de Rouallec. La connaissance des liens mystérieux, des trames
plus ou moins avouables qui rendaient soli-
daires ces personnages, ne pouvait manquer
de me donner une force énorme dans ce milieu.

De retour rue Saint-Jacques, j'ai écrit de mon
plus aimable style à l'amiral Le Berquet une
lettre dans laquelle je manifestais un vif désir
de renouer des relations de parenté et d'affection interrompues par les circonstances, bien
plus que par l'indifférence ou l'oubli. Je n'ai
pas négligé d'insister sur mon intimité de plusieurs mois avec Mme de Breuille et Mme de
Rouallec.

Hier, vers trois heures de l'après-midi, je me consumais d'impatience dans l'attente d'une réponse, lorsqu'un coup de sonnette m'a fait tressaillir.

J'ai ouvert la porte de l'appartement, et je me suis trouvée en face de l'amiral Le Berquet. Depuis le jour où je l'ai vu applaudir la petite Laurence costumée en Athalie, le frère de l'algébriste a conservé le même visage souriant et sympathique. Avec une cordialité, une bienveillance affectueuse qui m'est allée au cœur, l'amiral m'a remerciée pour lui et pour sa femme de mon appel à leur amitié; Mme Le Berquet, un peu souffrante ce soir-là, n'avait pu, m'a-t-il dit, l'accompagner; mais elle l'avait chargé de me ramener dîner rue Monthabor.

De violentes inquiétudes au sujet de ma toilette ont failli m'inspirer un refus. Le fameux peignoir en mousseline des Indes du dîner de Blaville s'est heureusement offert à ma mémoire, et j'ai accepté.

Je me trouvais une heure plus tard rue Monthabor, où je recevais de l'amie de Mme de Rouallec le plus charmant accueil. Nous causâmes de Laurence, sur le compte de laquelle je parvins, bien qu'à grand'peine, à me montrer discrète; nous nous occupâmes ensuite d'Ambroise, qui a su inspirer une très-vive sympathie à la femme de l'amiral. M. et Mme Le Berquet, que je déclarais nuls, puérils, insignifiants, du moins comme tous les gens du monde, quelques mois auparavant, m'apparaissaient aujourd'hui comme des modèles d'amabilité, d'élégance, de savoir-vivre. J'aurais donné avec joie latin, métaphysique, mathématiques, pour la seule espérance de leur ressembler un jour.

Nous prenions le café dans un coquet petit salon lorsqu'un domestique annonça Mme de Peyrols.

Assise sur un canapé aux côtés de l'amiral, j'examinais un album de types australiens photographiés par son fils Raoul, actuellement en station à Taïti. Quelque effort que je fisse pour admirer de jeunes Calédoniennes vêtues d'une frange, mes yeux se dirigeaient obstinément vers la belle-sœur de Pascal de Peyrols.

« Est-ce que vous connaîtriez par hasard Mme de Peyrols? me demanda l'amiral.

— Non, » répondis-je avec embarras. Je re-
connaissais parfaitement Paula. C'étaient bien
là les tresses vaporeuses de Velléda, les traits
fins et mobiles, le regard plein de caprice et de
langueur, qui avaient fasciné Ambroise. Je de-
meurais confondue cependant en observant
les gestes, en écoutant les discours de Mme de
Peyrols. Avec l'aplomb le plus imperturbable,
la plus édifiante gravité, Paula entretenait la
femme de l'amiral de son mari et de sa petite
fille. Une mère de famille exemplaire n'eût
pas mieux dit. « Après une campagne de deux
années, M. de Peyrols n'avait pu résister aux
prières de son frère Pascal, il venait de partir
pour Saint-Fulgent avec la petite Blanche. La
santé de Mme de Peyrols ne lui permettant pas
d'affronter l'air de la mer, elle restait seule à
Paris, comptant les heures et n'ayant d'autre
distraction que les lettres qui lui arrivaient
chaque matin du fond de la Vendée. » Par un
phénomène psychologique étrange, il me semblait que la mémoire, la conscience de Paula
s'étaient réfugiées en moi. Tandis que l'héroïne
de l'audacieuse aventure du bal costumé débi-
tait ses vertueuses litanies, je rougissais, je

tremblais, je défaillais, au souvenir des brûlantes situations traversées par cette calme
personne. Mme Le Berquet voulut me présenter
à Mme de Peyrols, et le nom de Laurence fut
fatalement prononcé dans le discours explica-
tif de la femme de l'amiral sur les liens de
parenté qui m'unissaient à son mari. Aimant
Laurence comme une fille, Mme Le Berquet
exalta le dévouement de Mme de Rouallec
pour l'infortuné visionnaire, son culte pour
sa mémoire. Paula fit chaudement écho. Elle
trouva des termes d'un enthousiasme exemplaire pour célébrer les perfections de sa rivale.

« Je croyais Mme de Rouallec remariée avec
M. Sivignac, reprit-elle tout à coup avec une
parfaite innocence d'intonation.

— A ma connaissance, il n'a jamais été
question de ce mariage-là, répliqua Mme Le
Berquet ; Mlle Le Berquet, poursuivit la femme
de l'amiral en me désignant de la main, Mlle Le
Berquet, chez laquelle M. Sivignac vient de
passer la plus grande partie de l'été, m'annonçait au contraire, à l'instant, le départ de
M. Sivignac pour le Caire.

— Ah ! mademoiselle connaît aussi M. Sivignac, » dit Paula sans autre commentaire.

Dès dix heures, Mme de Peyrols songea au
départ. Après quelques débats de politesse,
dans lesquels la ravissante Paula se montra
on ne peut plus gracieuse et prévenante à mon
égard, il fut décidé que Mme de Peyrols me
donnerait une place dans sa voiture et me recon-
duirait rue Saint-Jacques, avant de retourner
chez elle, rue Tronchet.

Dès que nous nous sommes trouvées seules,
Mme de Peyrols m'a accablée de questions à
l'endroit de Mme de Breuille, de M. Sivignac, de
Laurence. Il m'a fallu faire d'étranges efforts
sur moi-même pour ne pas trahir mes sentiments réels, pour ne pas livrer Mme de Rouallec à sa rivale. Devant mes réticences, Paula,
je l'ai compris, ne s'est pas tenue pour battue ;
je ne sais trop comment elle s'y est prise pour
me faire promettre d'aller dîner le lendemain
rue Tronchet, en tête-à-tête avec elle.

15 novembre.

Chose étrange ! aucune des intentions de Paula
ne m'échappe, aucune de ses flatteries ne m'a-
buse, aucun de ses piéges ne me surprend, et
cependant je me précipite tête baissée dans les
piéges de Paula ; ma vanité s'enivre de ses
louanges menteuses, je joue en tout et pour
tout son jeu avec ardeur. Lorsque Paula m'af-
firme en m'essayant ses coiffures de bal, ses
chapeaux, ses cachemires, que ces oripeaux,
ces riches tissus m'embellissent jusqu'au prodige, me transfigurent, Paula, je le comprends
très-bien, pénétrant mes amers regrets du passé,
veut flatter ma manie actuelle. Eh bien, l'attention qu'elle accorde à ma triste personne ne
m'en rend pas moins heureuse, ses compliments, musique si nouvelle pour moi, char-
ment mes oreilles. Lorsque Mme de Peyrols
me favorise de confidences apocryphes, de révélations sentimentales sur son mariage, sur
sa façon d'entendre ses devoirs d'épouse, sur
ses aspirations en matière d'amour (confi-

dences, révélations, aspirations dont le journal
d'Ambroise me permet d'apprécier l'absolue
fausseté), je n'en reçois pas moins ces mar-
ques d'intimité, ces faux témoignages de confiance avec une reconnaissance mêlée d'orgueil.
Bien des femmes élégantes et recherchées m'en-
vient l'amitié de Paula.

— Il est de notoriété publique à Rouallec,
m'a dit l'autre matin Mme de Peyrols, que la
découverte des amours de Laurence et d'Ambroise a seule causé la mort du châtelain. En
face du cadavre de son mari, Laurence elle-
même a proclamé l'affreux secret, vingt témoins l'ont entendue.

Pour ce qui concerne la mort de M. de
Rouallec, je sais, à n'en pouvoir douter, ce
que vaut l'accusation lancée contre Laurence. Cette calomnie m'a cependant comblée
de joie : perdue de réputation à Rouallec,
parmi ses serviteurs et ses voisins de campagne, Laurence sera encore plus profondément séparée d'Ambroise.

Depuis une quinzaine de jours enfin, Paula
m'entraîne sans rémission avec elle au théâtre,
au concert, au Bois. A chaque sortie, le hasard

jette miraculeusement sur nos pas un jeune
homme frisé, ganté, équipé des pieds à la tête
selon la dernière mode. Diplomate en expecta-
tive, membre du Jockey-Club en exercice, ce
frivole et brillant personnage semble prendre
le plus extrême plaisir à ma conversation.
Suis-je la dupe de ces empressements, de ces
rencontres ? Non, certes ! mais je ne saurais me
passer aujourd'hui de mouvement, de distractions, de bruit mondain.

Aucune nouvelle d'Ambroise, rien d'Hector ;
deux fois je suis allée rue du Rocher, et deux
fois on a prétexté la faiblesse de Mme de Breuille
pour ne pas me recevoir. Quant à l'étude, aux
ambitions intellectuelles, je n'y songe même
plus aujourd'hui : que deviendrais-je sans
Paula ? Me voilà donc jouant avec joie, avec
orgueil, le rôle de complaisante attitrée auprès
de la plus vulgaire des coquettes. Mon superbe
dédain des autres femmes devait aboutir là !
Malgré les tentatives réitérées de Paula, malgré
les assauts qu'il me faut subir sans cesse, j'ai
du moins trompé jusqu'à ce jour ses espérances haineuses ; j'ai religieusement gardé les
honteux secrets du cottage.

27 novembre.

Quelle rage m'a saisie?... quel démon m'a
poussée à perdre en une seconde le fruit de
six semaines d'efforts? C'était hier lundi, oui,
hier, car les premières clartés du matin luttent
déjà victorieusement avec les lueurs rougeâtres
de ma lampe; c'était lundi, jour de réception
chez l'amiral Le Berquet. J'avais dîné rue Tronchet avec Paula, et nous sommes arrivées ensemble, vers dix heures, rue Monthabor.
Mme Le Berquet, je ne sais à quel propos, a
entamé un hymne hyperbolique en l'honneur
de Laurence.

Un jeune auditeur au conseil d'État, très-
spirituel, très-élégant, et qui a eu l'insigne
honneur d'apercevoir Laurence je ne sais où
depuis son veuvage, renchérissait encore sur
les louanges de la femme de l'amiral. Paula,
pendant ce temps, causait à voix basse avec le
futur diplomate, que j'ai dû présenter, il y a
deux semaines, chez l'amiral.

A l'appui de son dithyrambe, Mme Le Ber-

quet a plusieurs fois invoqué mon témoignage.
J'avais les nerfs horriblement agacés au moment du départ.

D'ordinaire, la voiture dans laquelle nous
montons, Paula et moi, s'arrête d'abord rue
Tronchet, pour nous reconduire ensuite rue
Saint-Jacques; j'ai donc été fort suprise d'entendre Paula crier mon adresse au cocher et
m'expliquer ensuite, avec mille câlineries,
qu'elle n'entendait pas m'imposer éternellement
les devoirs d'un cavalier servant, que sa conscience et son affection pour moi lui comman-
daient impérieusement d'intervertir enfin les
rôles. Les souvenirs du bal costumé et de l'hôtel du comte Flinck se présentèrent immédiatement à ma mémoire. Mes joues s'empour-
prèrent d'humiliation et de colère. Paula ne
pouvait me croire sa dupe. A quel degré d'a-
baissement entendait-elle donc me faire descendre ? Par un sentiment de haine et de
vengeance, je racontai à Mme de Peyrols, en
les exagérant encore, les succès de Laurence
pendant la dernière soirée; l'intime entretien
de Paula avec le membre du Jockey-Club ne lui
avait pas permis de suivre la conversation gé-

nérale. Tandis que je redisais les louanges de Mme Le Berquet, et les exclamations admiratives du jeune auditeur, une combinaison machiavélique prit peu à peu naissance dans mon esprit. Je voulus, en excitant chez Mme de Peyrols l'espoir de révélations inattendues sur sa rivale, l'entraîner à monter chez moi, et lui faire manquer ainsi son rendez-vous. Mon complot eut un succès complet. Moitié par curoisité méchante, moitié par crainte d'avoir été devinée, Paula gravit mes trois étages, et, pendant plusieurs heures, j'ai savouré le plaisir de traîner dans la boue l'une des maîtresses d'Ambroise, tout en me jouant de l'anxiété, de l'impatience mal dissimulée de l'autre.

Trois heures allaient sonner lorsque j'ai enfin rendu la liberté à Mme de Peyrols. Je triomphais. Mais ce paroxysme de fureur et de haine a bientôt fait place au plus absolu abattement. Laurence, Mme de Breuille, Eugène, la Sylvie, Ambroise lui-même, j'avais tout vilipendé, tout sacrifié! — Quel usage allait faire Paula de tels secrets? — J'avais dû lui recommander impérieusement le silence, exiger sa parole. Quelle indignation s'emparerait d'Ambroise,

s'il pouvait jamais soupçonner mes lâches
délations ?

Au plus tôt je veux revoir Paula !

Le lendemain.

Sur mon appel, Paula est arrivée dès onze
heures, ce matin, rue Saint-Jacques. Toutes les
effusions du remords, toutes les supplications
affectueuses que j'avais préméditées, se sont
glacées sur mes lèvres, devant le sourire ironique et indifférent de Mme de Peyrols.

Le but de Paula était atteint aujourd'hui,
elle m'avait enfin arraché les dénonciations
qu'elle souhaitait ; je commençais d'ailleurs à
voir trop clair dans son existence, pour qu'elle
désirât m'y mêler plus longtemps. Sans quelques inquiétudes personnelles sur ma discrétion,
mon intime amie de la veille aurait, je le
compris, rompu immédiatement avec moi.

Nous allions nous séparer sans fixer, comme
de coutume, le jour et l'heure de notre prochaine entrevue, lorsqu'un coup de sonnette
formidable ébranla l'appartement. Je courus

ouvrir : Hector, poudreux, hérissé, renfrogné ;
Catherine, haletante ; puis des sacs, des malles,
des paquets de toutes sortes encombraient le
palier. Ce furent de ma part des exclamations,
des questions, auxquelles les gémissements
d'Hector sur sa fatigue, sur sa santé, répon-
dirent exclusivement d'abord. Laissant là ses
bagages et négligeant de saluer Mme de Peyrols,
qui, profitant du trouble général, différait sa
sortie, mon cousin s'étendit dans le fauteuil
unique de la salle à manger.

Je poursuivais auprès de lui, sans nul succès, mon interrogatoire.

« Donne-moi au moins des nouvelles de
ta chère Sylvie, dis-je, impatientée par son
silence.

— Demandez-en à votre ami, répliqua mon
cousin avec l'accent de la fureur.

— M. Sivignac, m'écriai-je en riant, M. Sivignac est au Caire. »

Hector se précipita sur un grand panier
qu'apportait en ce moment Catherine ; il en tira
un volume qu'il vint mettre sous mes yeux.

« Est-il au Caire aussi, ce livre-là ? » cria-
t-il de toute sa voix.

Je reconnus un volume de Labruyère, prêté par moi à M. Sivignac.

« Parmi mes livres, sur le bahut de ces misérables, j'ai trouvé cela hier, poursuivit mon cousin, de plus en plus hors de lui.

— Qu'est-ce que cela peut prouver? répondis-je paisiblement.

— Et ceci, ceci ! » cria Hector en prenant entre les pages de Labruyère une enveloppe de lettre, l'enveloppe de ma réponse à Ambroise partie pour Nice, six semaines auparavant.

Il me fallut bien admettre l'apparition de M. Sivignac à Veules. Ambroise avait-il, comme l'affirmait Hector, enlevé la Sylvie ? J'en doutais encore, malgré tout.

Au milieu de cette crise, le fils de l'algébriste dut apparaître à Mme de Peyrols comme un être fantastique, monstrueux. Paula trouva cependant moyen de gagner, avant de quitter la rue Saint-Jacques, les bonnes grâces d'Hector. Elle osa lui dire qu'elle le connaissait depuis longtemps de réputation et qu'elle aspirait au bonheur de causer longuement avec lui.

15 décembre.

Quelque transformation analogue à la mienne
s'opérerait-elle chez mon cousin Hector?
Hector devient presque homme du monde;
chaque jour il va causer avec Paula, et il ne
manque pas un seul *lundi* de Mme Le Berquet.
Paula, je le comprends, est ou espère être plus
habile que moi à faire parler Hector. Il m'a
été jusqu'ici impossible d'arracher à ce cher
cousin le moindre détail sur les incidents de
Veules. Non, certes, qu'il y mette de la discrétion; mais dès qu'il ne se croit plus l'objet unique de l'admiration de Sylvia, Sylvia
n'existe plus pour lui.

XIV

Voici les faits inattendus, terribles, survenus pendant ces derniers jours.

Je causais avant-hier soir avec l'amiral Le
Berquet dans son salon, lorsque des éclats de
rire, dominés par la voix de Paula, m'ont
attirée vers le boudoir. Une portière entr'ouverte m'a permis de voir et d'entendre la scène
suivante.

Assise au milieu d'une douzaine d'hommes
et de femmes, Mme de Peyrols achevait un
récit. L'épanouissement malicieux des phy-
sionomies révélait clairement qu'il s'agissait
de quelque scandale.

« Tableau final, poursuivait Paula avec
entrain Puis elle s'arrêta.

— Le tableau !... crièrent plusieurs voix.

— Non, dit Paula, je n'y réfléchissais pas. Il m'est impossible d'aller plus loin.

—Nous vous jurons le secret sur nos têtes,» s'écria une jeune femme assise en face de Paula.

Les mains de tous les assistants se levèrent en signe de serment.

« Tableau final, reprit Mme de Peyrols, qui brûlait évidemment du désir de parler ; tableau final : M. X.... conduira dans quinze jours Mme Z.... à l'autel. »

Des éclats de rire, des exclamations ironiques accueillirent ce dénoûment.

« Combien payera-t-on pour voir M. X...? grasseyait un imbécile.

— Je préférerais, pour ma part, contempler Mme Z..., dit ce même auditeur au conseil d'État dont il a déjà été question.

— Ce serait peut-être dangereux pour elle, murmura avec intention Mme de Peyrols.

— Dangereux ! Pourquoi donc ?

— Devinez !...

— Une belle jeune femme, retenue pendant cinq années au fond d'une province, au bord

de l'Océan, par un époux visionnaire et bar-
bare, dit lentement le jeune auditeur, comme
s'il rappelait les points principaux du récit de
Paula, tout en interrogeant ses souvenirs. Con-
solation et délivrance de la belle captive par le
chevalier errant X..., peu scrupuleux, d'ailleurs, sur les moyens à l'endroit du mari. Ingratitude de la belle veuve envers son libéra-
teur; désespoir du chevalier errant; épreuves
diverses, au sortir desquelles la belle veuve
offre elle-même sa main au chevalier; idylle au
bord des flots brusquement interrompue par
les notoires infidélités; puis, au moment où
tout semblait à jamais brisé entre les deux
amants, réapparition très-inattendue du dieu
de l'hyménée....Mme de Roual..., » s'écria le
jeune auditeur subitement illuminé.

La dernière syllabe ne sortit pas des lèvres
du jeune homme; je n'en entendis pas moins
plusieurs dames murmurer à l'oreille de leurs
voisins le nom de Mme de Rouallec au grand
complet.

La nouvelle du prochain mariage d'Ambroise
avec Laurence me bouleversa tellement, que je
ne songeai, en ce premier moment, ni à m'in-

digner de l'insigne méchanceté de Paula, ni à m'adresser à moi-même des reproches trop mérités.

Il était plus de minuit quand Mme de Peyrols acheva son histoire. On se sépara sur ces piquantes révélations.

« Comment Mme de Peyrols a-t-elle appris le mariage d'Ambroise avec Mme de Rouallec? ai-je brusquement demandé à mon cousin, dès que nous nous sommes trouvés dans la rue:

— Par une lettre de son mari, arrivée ce matin, » m'a répondu Hector.

Je connais trop bien le laconisme de mon cousin sur tout sujet ne l'intéressant pas directement, pour avoir eu la pensée de pousser plus avant mon enquête; mais je me suis promis d'aller le lendemain, dans la matinée, chez Paula.

D'habitude, Catherine se couche sans nous attendre; je fus donc très-surprise de l'entendre entr'ouvrir la porte de notre appartement, dès que nous commençâmes de monter l'escalier du troisième étage.

« Qu'y a-t-il? » criai-je du milieu de l'escalier.

Avant de me répondre, Catherine me laissa arriver tout près d'elle.

« Le monsieur de Veules, M. Ambroise, vous attend depuis une heure dans votre chambre, » me dit-elle d'un ton mystérieux.

Ambroise chez moi ! précisément ce soir-là ! après ce que je venais d'entendre... Je faillis m'évanouir de remords et de terreur ! Mille fois plus que Paula, je me sentais responsable en ce moment de la scène de la soirée.

Dès qu'il entendit prononcer le nom d'Ambroise, Hector se dirigea en hâte vers sa chambre. Il me fallut bien, moi, rentrer dans la mienne. Comment supporterai-je le premier regard de M. Sivignac? Je demeurai, pendant plusieurs secondes, glacée de honte, de terreur, sans pouvoir me résigner à tourner le bouton de la porte. J'ouvris enfin brusquement. M. Sivignac se tenait assis dans l'embrasure d'une croisée, tout au fond de l'appartement. A ma vue, il se leva et s'avança lentement vers moi... Je l'attendais pétrifiée... J'aurais voulu mourir... Ambroise prit mes deux mains et les serra entre les siennes.

« Je suis bien malheureux ! » murmura-t-il.

Son accent révélait une douleur profonde, immense, mais sans aucune nuance de colère.

J'osai regarder M. Sivignac en face; l'altération de ses traits m'effraya.

« Clarisse, poursuivit-il, je vous ai toujours cru une âme loyale et généreuse; je n'hésite point à vous confier des secrets qui ne m'appartiennent pas. Peut-être pourrez-vous porter quelque lumière dans les mystères qui me tuent. Pardonnez-moi, ajouta Ambroise avec son accent affectueux d'autrefois, pardonnez-moi d'arriver ainsi chez vous, la nuit, de troubler votre repos. Il n'y a plus pour moi ni nuit ni jour; je suis désespéré. »

Je contemplais toujours Ambroise avec stupeur; il m'avança un fauteuil et s'assit sur une chaise près de moi.

— J'étais le plus heureux des hommes, ma pauvre amie, commença-t-il, pendant mon séjour chez vous, à Blaville. Mme de Rouallec, que j'adorais depuis plus de trois années, me permettait de me rapprocher d'elle, et consentait enfin à m'épouser. Certaines circonstances de mon existence antérieure, certaines fautes, il faut avoir le courage de l'avouer, autori-

saient Laurence à retarder l'époque de notre
mariage. Le petit incident de la mouette que
vous vous rappelez, sans doute, aurait peut-être
abrégé mon épreuve. La maladie de ma mère
est survenue. Ce que je vous ai dit de Mme Sivignac a dû vous faire supposer qu'il y avait
dans sa vie quelque irréparable douleur. Je
n'en savais pas davantage moi-même en quittant Veules. L'état de faiblesse, d'épuisement,
dans lequel je trouvai ma mère, me consterna.
Les médecins interrogés par moi ne me laissèrent entrevoir aucune chance de guérison.
Le climat de l'Égypte avait accompli sous mes
yeux des miracles; je voulus essayer, comme
je vous l'ai écrit, d'un séjour de quelques mois
au Caire. A la veille de notre départ, ma mère
eut une longue défaillance dont elle sortit convaincue que l'heure de sa mort était proche.
Elle m'ouvrit alors pour la première fois son
cœur. Sa maladie physique, comme je le soup-
çonnais depuis longtemps, procédait directement d'une maladie morale. Un amour et une
jalousie posthumes, des haines fougueuses et la
plus magnanime pitié, luttaient en elle, brisaient
son âme et son corps, depuis plus de seize

années. A l'époque où je quittais Beyrouth pour
venir compléter mes études à Paris, une rupture définitive avait lieu entre mon père et ma
mère. A travers le récit entrecoupé de ma mère,
je compris qu'une princesse druse, enlevée par
mon père et emmenée par lui à Paris, avait été
la cause de cette séparation. Ma mère adorait
son mari; dans le premier égarement de son
désespoir, elle tenta de s'empoisonner. Sauvée
à grand'peine, elle ne revint à la vie que pour
apprendre la mort tragique de M. Sivignac, tué
en France dans un duel auquel la princesse
druse ne devait pas être étrangère. Cette femme
mourut peu après en Russie. A la connaissance
de ma mère, elle laissait une enfant, une fille
de mon père. Que devint cette enfant? Les
ardentes rancunes de ma mère l'empêchèrent à
cette époque de s'en informer. Avec le temps
pourtant, l'abandon d'une créature innocente,
fille de l'époux qu'elle pleurait, prit aux yeux
de Mme Sivignac le caractère d'une lâche vengeance. Ma mère voulut se renseigner, fit des
démarches. Mais les confidents de mon père
n'existaient plus ou vivaient hors de France.
Les années passèrent. Une maladie nerveuse,

due à sa tentative d'empoisonnement, et plus
encore peut-être le poids d'un douloureux
secret non partagé, transformèrent à la longue
les scrupules de ma mère en cauchemar. Sans
un concours d'événements inouïs, sans une de
ces coïncidences qui justifient et condamnent
à la fois la croyance au hasard, ma mère ne
vivrait probablement plus aujourd'hui.

Ce que j'ai à vous raconter devient si étrange,
si bizarre, poursuivit Ambroise avec hésitation,
que je crois devoir, avant tout, vous rappeler
la scène des crabes sur la plage de Veules, et
les explications qui s'ensuivirent au sujet de
la Sylvie.

Tandis que Mme Sivignac oppressée, haletante, presque hallucinée, développait avec une
volupté déchirante ses sinistres conjectures sur
le sort de *ma sœur* (appellation qu'elle se plai-
sait à prodiguer), les moindres détails du récit
traité jadis par moi de roman absurde et d'insigne commérage, reprenaient vie dans mon
esprit.

Des incidents en apparence si distants, si
étrangers, se confondirent, se soudèrent avec
une inexplicable rapidité. A peine éveillés,

mes soupçons se transformaient en certitude.

Craignant pour ma mère les conséquences d'une déception, j'évitai cependant de lui faire partager ma confiance.

— Laissez-moi vous amener la Sylvie, lui ai-je dit après l'avoir longuement entretenue de la pêcheuse de crabes; si c'est *elle*, si c'est *ma sœur*, tant mieux. Mais alors même que mes suppositions seraient en faute, il faudrait encore vous charger du sort de cette jeune fille, car votre généreuse adoption sauvera une charmante enfant de mille dangers, de mille douleurs.

Mon expédition à Veules s'est accomplie avec un plein succès. Des indices certains, des preuves matérielles, irrécusables, n'ont laissé aucun doute dans l'esprit de ma mère sur l'identité de la Sylvie.

Se croyant des torts à expier, des devoirs à remplir envers la fille de son mari, Mme Sivignac s'est ranimée. Elle se trouve avec surprise guérie et presque heureuse depuis que Sylvia rit et chante auprès d'elle.

Ici, ma chère Clarisse, continua Ambroise

après un silence, ici commence pour moi
l'inexplicable.

Dès qu'il me fut permis de songer à mon propre bonheur, je partis pour Rouallec. Laurence,
attristée par la maladie de ma mère, pendant
les premières semaines de notre séparation,
s'était d'ailleurs montrée envers moi pleine de
confiance, de sérénité, de tendresse ; depuis
quelques jours cependant ses lettres me causaient une inquiétude vague. Laurence em-
ployait les mêmes mots, formait les mêmes
projets, et je ne sais quel sentiment de découragement, d'incertitude, passait des lignes
tracées par sa main dans mon cœur.

Les manières de Mme de Rouallec, lorsque je
me trouvai auprès d'elle, m'affligèrent bien
davantage encore. Mes pressantes instances au
sujet de la fixation d'une date prochaine à notre
union n'amenaient sur les lèvres de Laurence
que des faux-fuyants, des phrases évasives.
Rien qui ressemblât à la résistance doucement
hautaine de Veules. Si les soupçons m'avaient
été possibles envers Mme de Rouallec, j'aurais
plutôt soupçonné chez elle le trouble, la timi-
dité d'une accusée devant son juge.

J'obtins cependant de Laurence la promesse
d'un prochain départ pour Paris. Des souvenirs
trop pénibles se rattachaient au château de
Rouallec pour que nous pussions songer à nous
y marier.

J'avais plusieurs fois manifesté à Laurence
le désir d'aller rendre visite avec elle à ses voisins les Peyrols. Des obstacles réels ou imaginaires retardèrent, pendant près de deux
semaines, l'exécution de ce projet.

Il y a trois jours enfin, par un gai soleil
d'automne, nous traversâmes, Mme de Rouallec
et moi, le bras de mer qui sépare Rouallec de
Saint-Fulgent. A deux pas de l'embarcadère,
dans un champ planté de pommiers, nous ren-
contrâmes Pascal de Peyrols et son frère le
commandant. Pascal de Peyrols nous reçut,
Mme de Rouallec et moi, aussi cordialement
que jamais; mais la froideur du commandant
envers Laurence, son embarras vis-à-vis de
moi, me frappèrent tout d'abord. Nous sui-
vions une allée assez étroite, Mme de Rouallec
et le commandant marchant les premiers.
Malgré de visibles efforts pour se montrer gracieux et amical envers moi, le commandant

retombait obstinément dans un glacial silence.
Après m'avoir décontenancé, cet incroyable
accueil m'exaspéra au point que tous les
moyens me semblèrent bons pour changer autour de moi l'atmosphère morale.

Sans l'ombre d'une précaution oratoire,
j'annonçai au mari de Paula mon très-pro-
chain mariage avec Mme de Rouallec.

Émile de Peyrols attacha sur moi un regard
dans lequel la surprise, l'indignation, la pitié,
se livraient une indicible lutte. M. de Peyrols
affecta ensuite de m'oublier et sembla concentrer toute son attention sur l'un des enfants du
fermier qui s'essayait maladroitement à grim-
per aux arbres. Puis, brusquement, le commandant se retourna vers moi, saisit mes deux
mains, qu'il serra à les briser, et balbutia je
ne sais quelle formule de félicitation.

La suite de la visite ne fut plus qu'un
supplice. Des larmes à grand'peine contenues
brillaient entre les cils de Laurence, lorsqu'elle
s'assit auprès de moi dans le bateau.

Comme si la moindre parole prononcée par
elle ou par moi dût inévitablement être le début
d'une explication redoutable, nous gravîmes la

colline, nous entrâmes dans le vieux château sans nous adresser un seul mot.

Je me renfermai stupide de douleur dans ma chambre. Un domestique vint au bout d'un quart d'heure m'y apporter une lettre de la part de sa maîtresse.

Sous l'enveloppe à mon adresse, écrite par Mme de Rouallec, je trouvai une infâme diatribe anonyme contre Laurence. Des faits réels, connus de moi seul, je le supposais du moins, se trouvaient mêlés aux calomnies les plus insensées. La rupture de Mme de Breuille et d'Eugène, si aisément explicable pour qui connaît, comme nous, Clarisse, les antécédents de ce ménage, cette rupture devenait le prétexte d'un chef-d'œuvre de noire méchanceté.

Hésitations douloureuses de Mme de Rouallec, réception des Peyrols, tout me fut expliqué.

Je me précipitai dans la chambre de Laurence ; mes supplications, mon désespoir arrachèrent à la généreuse femme le serment que rien ne serait changé à nos projets. Un instant, je songeai à interroger à cœur ouvert l'excellent commandant de Peyrols, mais des motifs particuliers m'arrêtèrent. Les vrais coupables,

d'ailleurs, ne pouvaient se trouver qu'à Paris.
Je quittai Rouallec ce jour-là même et me voici.
Qui accuser ? Sur qui me venger ? Avant d'en-
treprendre aucune démarche, j'ai voulu vous
consulter, mon amie : vous voyez souvent, je
l'ai appris par M. de Peyrols, les parents de
Laurence et Paula. Tout ce que vous pouvez
savoir, supposer, imaginer, tout, sans exception aucune, dites-le-moi.

J'allais tomber aux genoux d'Ambroise, lui
avouer mon lâche abus de confiance, la lecture
de son journal et des lettres de Laurence, ma
trahison, mes confidences à Paula, l'auteur
évident de la lettre anonyme. Mais je me rappe-
lai que Laurence, cette prétendue victime,
était mille fois plus coupable que moi....

Je me redressai, je demeurai roide, impas-
sible devant M. Sivignac.

« Tout, tout, murmurait-il d'un accent
suppliant, quoi que vous sachiez, dites-moi
tout ! »

Un mouvement de tête négatif fut ma réponse.

« Clarisse, ma chère Clarisse, poursuivit Ambroise en saisissant ma main et en

s'agenouillant à demi, vous voyez ce que je souffre.... ayez compassion de moi. »

Je me taisais toujours.

« Que vous a-t-on dit ? Qu'avez-vous vu ? Quelles preuves possédez-vous, pour vous croire le droit de me torturer ainsi ? » reprit M. Sivignac hors de lui.

Un sourire involontaire plissa mes lèvres.

D'un bond, Ambroise se releva.

« A quels intérêts obéissez-vous ? Jouez-vous un rôle ? De qui êtes-vous l'instrument ? » dit-il d'une voix ironique et stridente.

Debout en face de moi, M. Sivignac me tenait humiliée sous un regard plein de provocation et de colère.

Ce regard, cette attitude m'exaspérèrent.

« J'ai vu Laurence sortir mystérieusement avec Eugène Nantier de la chaumière de la mère Pignerelle, et je possède des preuves de leur intimité, » dis-je avec une lenteur, une froideur affectées.

Ambroise prit son front à deux mains, et poussa un éclat de rire si déchirant, que je crus l'avoir rendu fou.

Je suivais ses mouvements d'un regard effaré.

17

Il se rassit, et pendant une seconde sembla réfléchir profondément.

« Hector est sans doute ici? » me demanda-t-il enfin d'une voix presque calme.

Je fis un signe de tête affirmatif.

« Priez-le, je vous en conjure, de venir causer un instant avec nous. »

Quelque étrange et désagréable que dût lui sembler ce dérangement, mon cousin n'eut pas l'idée de résister à l'appel d'Ambroise.

« Je vous apporte mille souvenirs de la part de Sylvie, dit M. Sivignac à mon cousin en lui tendant affectueusement la main, dès qu'il parut dans le salon. Un autre jour je vous raconterai pourquoi et comment votre élève a quitté Veules sans vous faire ses adieux. Mais je veux dès aujourd'hui vous remercier au nom de Mme Sivignac de la lumière que vous avez su faire dans ce jeune esprit. Sylvia parle sans cesse de vous avec reconnaissance et enthousiasme, elle se rappelle surtout les séances consacrées à l'achèvement de son portrait : le bûcher transformé en atelier, le toit de chaume défoncé par Eugène, les bottes de foin servant de divan, l'admiration de Laurence

pour les Pères du désert dont vous lui faisiez
la lecture, juché sur un tas de fagots. »

Le visage d'Hector s'illumina au souvenir
de ses succès.

« Oui, s'écria-t-il, c'étaient de belles, de
splendides journées ; Laurence a fait preuve
là d'une portée d'intelligence dont je ne l'aurais jamais crue capable. Eugène lui-même,
que j'avais si longtemps calomnié, m'a plus
d'une fois surpris. Ce brave peintre trépignait
d'aise en m'écoutant développer les théories
artistiques qu'Hoffmann expose dans ses contes
admirables.

— Pourquoi m'avoir si soigneusement caché
toutes ces choses ? dis-je à Hector d'un ton
de reproche.

— Parce que nous nous étions juré mutuel-
lement le plus profond secret, répondit Hector.
Je ne sais plus trop pour quel motif, ajouta-
t-il avec indifférence.

— A cause de la jalousie de cette pauvre
Mme de Breuille envers Sylvie, dit Ambroise
avec calme. Écrivez donc, mon cher Hector, à
vos amis de Veules, à Sylvie, à Laurence, à
Eugène. Je me charge des adresses. »

Hector échangea avec Ambroise quelques phrases insignifiantes, puis il se retira.

Après son départ, M. Sivignac resta pendant quelques instants plongé dans une rêverie profonde.

« Vous avez des preuves contre Laurence, avez-vous dit? reprit-il enfin d'une voix douce et comme lassée par tant d'émotions violentes.

— Rien.... Laissons cela, murmurai-je.

— Il me les faut! » s'écria Ambroise avec explosion.

Je pris dans un tiroir les débris du portrait de Laurence et je les remis à Ambroise.

M. Sivignac se rapprocha de la bougie, étala sur la tablette de la cheminée les quatre lambeaux de papier et parut les examiner attentivement.

« C'est assez ressemblant, dit-il. Mais qu'est-ce que cela peut prouver? »

Pressée, torturée par Ambroise, je dus, quoi qu'il pût m'en coûter, confesser mon espionnage, raconter dans ses moindres détails la scène du bosquet, dire les extases, les ravissements d'Eugène en face de *sa nièce*.

« Hélas ! pauvre Clarisse, interrompit Ambroise, vous ne connaissez guère les artistes. Si le soleil éclairait d'une certaine façon ce vieux fauteuil, ajouta M. Sivignac en frappant la bergère dans laquelle j'étais assise, Eugène lui exprimerait les mêmes transports. Rien n'est expliqué ! A qui m'attaquer ? A quoi me prendre ? s'écria Ambroise brusquement ressaisi par le désespoir. Qui a fouillé mes papiers ? Qui a surpris mes secrets ? Qui les a divulgués ? Qui a calomnié, souillé le nom de Laurence ? Qui ?

— Moi, » dis-je, cédant à une impulsion involontaire.

Ambroise se leva, me prit par le bras et me conduisit sous la lumière de la bougie.

« Non, articula-t-il lentement, comme dans un rêve, tandis que ses doigts crispés noircissaient mon poignet et que son regard brûlait mes paupières ; non, ce ne peut pas être vous !... Sans des impossibilités matérielles, j'aurais soupçonné une autre femme !... La vanité froissée pouvait l'égarer, elle !... Mais vous, vous !... Quel sentiment vous aurait armée contre Laurence ? Quel mobile vous aurait

fait commettre une infamie?... Ce n'est pas
vous. »

Ambroise me repoussa doucement et retomba dans le fauteuil.

Je revins vers M. Sivignac, je m'agenouillai
devant lui.

« Pardonnez-moi!... » murmurai-je. Les larmes me suffoquaient.

Ambroise devint livide. Pendant quelques
secondes encore, le doute persista chez lui. Il
me contemplait avec stupeur. Puis la certitude
l'envahit.

« Vous êtes donc un monstre! » dit-il
avec plus d'accablement encore que de colère.

« Oui, m'écriai-je, heureuse d'une insulte
qui m'ouvrait enfin le cœur, oui, je suis un
monstre!... un monstre de laideur physique,
car, femme, je ne puis inspirer l'amour!... un
monstre de sottise et de folie ; étant ainsi faite,
je vous ai aimé et je me suis crue aimée de
vous!... un monstre de bassesse ; vous étiez
mon hôte et j'en ai profité pour vous épier,
pour forcer vos tiroirs, pour voler vos secrets !... un monstre d'injustice, de perversité ;

je ravalais Laurence, Mme de Breuille, Sylvie, au rang des plus viles créatures, tandis que j'étais, moi, la proie de transports insensés, d'abominables hallucinations!... Je suis un monstre de perfidie, enfin ; tandis que je vous écrivais des pages affectueuses, je livrais à sa rivale la femme que vous aimiez! »

Je continuai ainsi, longuement, follement, révélant tout, criant tout, les plus humiliants mouvements de mon âme.... ma joie en croyant découvrir l'indignité de Laurence; les plus sinistres conséquences de ma démence ; l'agonie de Mme de Breuille ; les révélations publiques de Paula.

Dans cet abaissement, dans cette immolation de moi-même, je trouvais des jouissances étranges, inconnues!... Il me semblait que ce complet oubli de toute mesure, de toute crainte, de toute honte, c'était quelque chose de l'amour.

Je me tus enfin, épuisée.

J'aurais voulu qu'Ambroise me tuât!

Il me releva affectueusement.

« Nous irons demain, ensemble, chez Mme de Breuille, » dit-il.

Ses traits contractés, sa pâleur, sa voix éteinte disaient d'horribles souffrances, mais pas même pour s'indigner, il ne songeait à moi.

Après m'avoir serré la main comme de coutume, il disparut.

XV

Le lendemain soir.

Mme de Breuille nous attendait, j'ai cru le deviner du moins. Qu'elle était pâle, affaissée, morne!... Ambroise parla de son prochain mariage avec Laurence, de l'adoption de la Sylvie par Mme Sivignac, puis, sans que je m'en aperçusse d'abord moi-même, il me fit répéter sur les séances de la chaumière tout ce qu'Hector, la veille, m'avait appris.

Chaque détail, chacune de mes paroles semblait infuser une nouvelle vie dans les veines de Mme de Breuille. La taille de l'infortunée se redressait, sa voix redevenait claire et timbrée, ses gestes reprenaient leur vivacité, leur grâce d'autrefois. Sur ses mains d'une blancheur diaphane, des lignes d'un bleu foncé ap-

paraissaient. Un sourire humide brillait dans
ses grands yeux ; des couleurs, trop éclatan-
tes, hélas! empourpraient le haut de ses
joues.

« Pourriez-vous me dire au juste sur quel
pic habite en ce moment ce Juif Errant d'Eugène? » demanda-t-elle tout à coup à Ambroise.

Dans la gaieté de son accent, dans l'expression presque moqueuse de sa physionomie, je
retrouvai cette toute-puissance de la femme du
monde qui m'avait déjà surprise à Veules.

« La dernière lettre d'Eugène était datée
de Pau, répondit Ambroise; il m'annonçait
l'intention d'y fixer pour quelques mois sa
tente, c'est-à-dire son chevalet. »

La température exclusivement pluvieuse de
la dernière semaine servit immédiatement de
texte à la conversation. Quelques instants plus
tard, nous quittions Mme de Breuille.

« Elle ne vivra plus dans huit jours, » me
dit Ambroise, pendant que nous traversions le
jardin.

Au même moment, une femme de chambre
accourait vers nous pour rappeler M. Sivignac.

« Sa maîtresse venait de tomber comme morte, » disait-elle.

Ambroise m'ordonna de retourner rue Saint-Jacques.

Si elle meurt, la mère adoptive de Laurence, si elle meurt !... qui l'aura tuée ?...

.....

Pendant plus d'une semaine je n'ai pas été reçue rue du Rocher.

Le docteur, me répondait chaque matin la femme de chambre, ordonnait à Mme de Breuille un repos absolu. Le docteur, c'est Ambroise. L'époux futur de Laurence habite maintenant l'hôtel de sa malade.

Hier enfin, on m'a introduite dans la chambre de Mme de Breuille. Eugène, de retour à Paris, se trouvait près d'elle. Les traits défaits de Mme de Breuille, l'anéantissement de tout son être m'ont terrifiée. Eugène m'a lancé un regard écrasant. Mme de Breuille a compensé cet accueil par l'affectueuse amabilité de ses paroles. Parée comme dans ses meilleurs jours,

la pauvre femme était visiblement à bout de
forces. L'existence ne semblait plus chez elle
qu'un miracle de la volonté. Le silence d'Eugène, sa contenance trahissaient l'impatience,
l'irritation que lui causait ma présence, toute
son horreur pour moi. Je n'osais ni implorer
son pardon, ni m'éloigner. Je retenais à
grand'peine mes larmes. Mme de Breuille s'en
aperçut sans doute.

Trop faible pour descendre un escalier, elle
s'est depuis longtemps établie au rez-de-
chaussée de son hôtel. A travers les portes vi-
trées du salon, qui lui sert aujourd'hui de
chambre à coucher, on apercevait M. Sivignac
qui passait et repassait en fumant dans la plus
large allée du jardin.

« Vous oubliez vos cigares, il me semble, »
dit Mme de Breuille à son mari.

Eugène ne trouva pas de réponse, il enveloppa sa femme d'un regard effaré.

« Allez donc tenir compagnie à M. Sivignac, » ajouta Mme de Breuille.

Le peintre hésita un instant, comme s'il
eût redouté de me laisser seule avec ma
victime.

Il embrassa enfin longuement, tendrement la main de Mme de Breuille, et sortit.

Dès que je me trouvai seule avec la mère adoptive de Laurence, toute force m'abandonna. Je tombai à ses pieds en sanglotant.

« Ne vous accusez pas de mes souffrances, de ma mort, car je mourrai bientôt, murmura Mme de Breuille d'une voix lente et douce en s'efforçant de me relever. Vous ne pouviez soupçonner à Veules les conséquences de vos paroles. Moi seule, je suis coupable, ajouta-t-elle d'une voix plus basse et comme se parlant à elle-même. Les idées de devoir eussent seules pu protéger mon repos, empêcher Eugène de demander à d'autres femmes la poésie, la grâce, les enchantements de la jeunesse, ce que moi j'aimais tant en lui, ce que de moins en moins il aurait trouvé en moi, et les idées de devoir, je les avais volontairement, expressément bannies de nos relations. J'ai voulu vivre de passion.... rien que de passion.... j'en meurs, c'est juste! C'est heureux aussi, bien heureux pour moi. En dépit de ma raison, de ma conscience, j'aurais lutté, je l'aurais torturé de défiances, fatigué de reproches,

je me serais fait haïr, mépriser peut-être de
lui. Je vais mourir aimée, aimée seule et pas-
sionnément ! »

La tête de Mme de Breuille retomba en arrière, et ses lèvres murmurèrent encore des
paroles que je n'entendis pas.

Je m'effrayai.... je poussai des cris....

Eugène et Ambroise accoururent.

La malade revint à elle et me tendit la main
en signe d'adieu.

— — — — — — — — — — — — 15 janvier. — — —

Elle passe sa première nuit dans la terre
froide, celle qui vivrait encore sans moi !...

L'hôtel de la rue du Rocher m'était resté
fermé pendant plusieurs jours. Ce matin, vers
onze heures, une invitation banale m'a appris
l'affreux événement.

A moi, une invitation banale au convoi de
Mme de Breuille ! D'indignation et de désespoir, ma tête s'est un moment perdue....

Son mari, sa fille adoptive pouvaient-ils cependant m'écrire : « Venez voir mettre dans sa
tombe ma femme, ma mère que vous avez tuée ! »

Je n'osai me présenter rue du Rocher.

Un quart d'heure avant l'arrivée du convoi, j'étais agenouillée dans le coin le plus sombre de l'église indiquée.

Eugène, Ambroise, Laurence entrèrent ensemble, se soutenant à peine, abîmés dans une douleur morne qui semblait les séparer de l'univers entier. Des groupes nombreux les suivaient. Je reconnus l'amiral Le Berquet, sa femme, Émile et Pascal de Peyrols, Paula. On chuchotait, on s'interrogeait autour du muet cadavre. Plus d'une fois je crus sentir des regards indignés attachés sur moi, je crus entendre murmurer à voix basse : « L'auteur du meurtre se cache là. » Je m'enfonçais de plus en plus dans l'ombre, je me serrais contre la pierre glacée. Un sinistre cauchemar m'obsédait. Morte et vivante à la fois, je prenais la place de ma victime, je voulais lutter contre la mort, me relever : l'étroite bière étreignait mes membres ; je voulais crier : le linceul humide étouffait ma voix. Le poids de la terre, l'obscurité, le silence de la tombe, j'ai senti tout cela.

Les psalmodies ont enfin cessé ; les porteurs ont enlevé la bière, la foule s'est écoulée. Alors seulement, quand je me suis retrouvée seule dans l'église, ma conscience s'est réveillée.

Ses parents, ses amis la pleuraient; les plus indifférents, les plus frivoles parmi les habitués de son hôtel lui donnaient des regrets sincères, à cette pauvre femme, jadis tant dédaignée par moi.... Et moi, qui m'estimais à si haut prix quand je me comparais à Mme de Breuille, qui pensais humilier sa faiblesse par ma force, qui croyais railler ses passions, ses puérilités par mes austères vertus; moi !... si je disparaissais de ce monde, si les lourds piliers contre lesquels je m'appuyais en ce moment m'ensevelissaient à jamais sous leurs décombres, nulle âme vivante n'en serait un seul instant troublée.

Par ses passions, par ses faiblesses, par ses puérilités mêmes, elle vivait dans les autres et par les autres, la charmante femme du monde, l'épouse passionnée et jalouse d'Eugène Nantier. Ma force, ma grandeur morale, mes prétendues vertus, l'abstention des plaisirs et des émotions que je ne pouvais désirer, puisque j'en ignorais l'existence, n'avaient d'autre but, d'autre fin que moi-même.

Un concours fatal de circonstances, l'infortunée l'avait généreusement confessé la veille du jour suprême, suffisait peut-être à rassurer sur un point ma conscience; non, je n'étais pas seule responsable de la mort de Mme de Breuille. Mais combien de fautes, combien de sentiments honteux ne devrais-je pas pleurer encore! Elle avait renfermé courageusement, héroïquement jusqu'à la mort, dans son cœur, des tortures inouïes, la femme que j'accusais d'être livrée aux passions mesquines et viles. Et Laurence, que j'avais si longtemps traitée de créature perverse et lâche, pouvais-je aujourd'hui songer à elle sans rougir? — Par sentiment du devoir d'abord, par une rare délicatesse d'âme ensuite, Laurence adorée d'Ambroise, Laurence aimant Ambroise, avait lutté contre son cœur, non pas durant des jours et des semaines, mais durant de longues années. Et moi! moi la femme fière de sa vertu, orgueilleuse de sa force, j'étais devenue en quelques jours, en quelques heures, le jouet des plus absurdes illusions, la proie d'une passion sans scrupules. La destinée avait été bien rude pour moi. Pourquoi étais-je née

18

laide? — Et si M. Sivignac disait vrai, si nos aspirations vers l'élégance, vers la grâce, vers la
beauté avaient la puissance de réaliser matériel-
lement en nous la beauté, la grâce et l'élégance,
pourquoi toutes les circonstances d'éducation
et de milieu s'étaient-elles réunies comme à
plaisir, pour étouffer en moi ces aspirations-
là? — Oh! si je méritais un blâme sévère, ne
méritais-je pas aussi quelque pitié? — Mais
aujourd'hui, au-dessus de l'intelligence, au-
dessus de la force, au-dessus même de l'austérité des principes et des mœurs, je savais
mettre les puissances affectives de l'âme, la
tendresse, l'indulgence, la bonté! — Je quittai
l'église, l'âme remplie d'un calme solennel,
après m'être juré à moi-même que le jour où
je viendrais prendre sous le funèbre catafalque
la place qu'y occupait un instant auparavant
Mme de Breuille, des larmes sincères seraient
aussi versées.

Cette impression de calme persistait encore
quand, de retour chez moi, rue Saint-Jacques,
j'ouvris la porte du salon. Je me trouvai face
à face avec Paula, qui, depuis près d'un
mois, n'était pas apparue rue Saint-Jacques.

Mme de Peyrols devisait au coin du feu avec Hector. D'indignation, de honte, je reculai.

« Vous imaginez-vous la singulière figure que doit faire en ce moment, rue du Rocher, le trio qui nous édifiait ce matin par sa miraculeuse entente cordiale? a repris Paula; j'en causais à l'instant même avec M. Hector. Mon mari, au cimetière, a changé deux fois de place, pour éviter de serrer la main d'Eugène Nantier, et l'amiral Le Berquet, à l'église, a subitement baissé les yeux en passant devant M. Sivignac et Laurence. »

Sans mes résolutions de tout à l'heure, j'aurais accablé Paula sous sa propre ignominie; je l'aurais voulue voir suppliante, éperdue, demandant grâce à mes pieds.

« C'est vous et moi, madame, qu'il faudrait humilier et punir, » parvins-je à articuler d'une voix étouffée.

Paula m'enveloppa d'un regard où l'étonnement, la terreur, le mépris pour mes remords semblaient se combattre. Je m'enfuis dans ma chambre....

Ce n'était pas assez d'avoir causé la mort de

Mme de Breuille : Ambroise, Laurence, Eugène
(je n'y avais pas songé jusqu'alors) allaient se
trouver déshonorés par ma faute. Je voulus me
précipiter à leurs pieds, obtenir leur pardon.
Je me jetai dans une voiture et j'arrivai rue
du Rocher.

La fatigue des domestiques, le désordre qui
suit inévitablement les cérémonies funèbres,
faisaient de l'hôtel de Mme de Breuille un désert. Je montai l'escalier sans rencontrer personne, et j'arrivai sans être entendue, grâce
aux tapis, jusqu'au boudoir qui précède la
chambre qu'habitait Laurence enfant. La porte
de cette chambre se trouvait ouverte. A la
lueur d'un grand feu, je distinguai Mme de
Rouallec et Ambroise, assis l'un vis-à-vis de
l'autre près de la cheminée.

Le plus complet abattement se lisait dans
l'attitude de Laurence; sa tête tombait inerte
sur sa poitrine, ses mains pendaient au hasard
sur ses vêtements noirs. Ambroise serrait fiévreusement son front de ses deux mains. Tout
à coup, il étendit les bras devant lui avec le
geste du délire, une sorte de râle désespéré s'é-
chappa de ses lèvres.

La tête de Laurence se releva; les larmes ruisselaient sur les joues de la pauvre
femme.

« Je vous en supplie, Ambroise, laissez-moi
retourner à Rouallec, » dit Laurence à voix
basse.

Ambroise se calma subitement.

« Vous voulez m'abandonner! balbutia-t-il,
comme si son âme aussi l'abandonnait. M'aimez-vous assez pour vous expatrier, pour passer
votre vie entière loin de la France, loin de
l'Europe? »

Un regard, un serrement de main lui répon-
dirent.

« A quoi bon? ajouta lentement Ambroise
par un brusque revirement de sentiment; à
quoi bon? Qu'importe où végéteront nos corps?
Nos pensées, nos âmes, nos noms, tout nous-
mêmes, ne restera-t-il pas à Paris? Je ne puis
cependant pas les tuer tous, cria-t-il dans le
paroxysme du désespoir. Le commandant de
Peyrols, l'amiral Le Berquet, votre parent....
l'amiral aussi!... Proclamer la vérité, est-ce
possible?... Proclamer la vérité!... Réjouir le
public par un nouveau scandale; commettre

une lâcheté ; livrer à des huées idiotes cette
pauvre.... »

Haletante, brisée, j'attendais mon nom. M. Sivignac retomba dans le silence.

La rage du triomphe inique, impossible
gonfla mes veines, dressa mon front. J'étais
plus forte qu'eux, plus forte qu'Ambroise, plus
forte que Laurence en ce moment. Leur désespoir était mon œuvre ! L'ancienne Clarisse vé-
cut encore durant une seconde.

Puis, retenant mon souffle, glissant légèrement sur les épais tapis, je m'éloignai

Quelques instants plus tard, je me trouvais
entre l'amiral Le Berquet et sa femme. Quels
aveux leur fis-je?... dans quels termes?... Je
ne sais. Ils ne semblèrent songer qu'à me
consoler et montèrent immédiatement en voiture avec moi. Nous arrivâmes bientôt rue du
Rocher.

Laurence, Ambroise se trouvaient dans l'é-
tat où je les avais laissés trois quarts d'heure
auparavant.

L'amiral et sa femme entrèrent dans la chambre où se tenaient Mme de Rouallec et M. Sivignac ; je restai dans le boudoir.

Je pus voir Mme Le Berquet embrasser tendrement Laurence, tandis que l'amiral serrait avec effusion la main d'Ambroise.

« J'espère que vous voudrez bien m'accepter pour l'un des témoins de votre mariage avec Mme de Rouallec? dit-il à M. Sivignac; je vous réponds de l'opinion de mes amis et de celle de mes connaissances; c'est-à-dire, je crois pouvoir l'affirmer, sans trop d'orgueil, d'un nombre respectable d'honnêtes gens à Paris et en province, ajouta l'excellent homme avec son accent plein d'affection, de confiance et de franchise.

— Merci! mille fois merci, répondit Ambroise, ému jusqu'aux larmes, en serrant la main de l'amiral.

— Ce n'est pas à moi que ces remercîments doivent s'adresser, mais à une mienne parente qui se cache je ne sais où, » reprit M. Le Berquet.

Mme Le Berquet vint alors me prendre par la main, et m'amena en face de Laurence.

« Me pardonnerez-vous jamais? balbutiai-je.

— Vous avez mille fois plus souffert que

moi, » dit Laurence avec une affectueuse pitié dans le geste et dans l'accent. Mme de Rouallec s'avançait vers moi les bras ouverts.

Être plainte par Laurence!... J'eus encore un éclair de colère, une seconde d'hésitation.... Puis, fondant en larmes, je me jetai dans les bras de Mme de Rouallec.

1er février.

Mêlée à un nombreux cortége d'amis, j'ai assisté ce matin au mariage de M. Sivignac et de Laurence. Le soir, j'ai dîné avec les nouveaux époux chez l'amiral Le Berquet, et, vers onze heures, je les ai accompagnés jusqu'à la gare du chemin de fer qui doit les conduire à Nice, auprès de la mère d'Ambroise.

Jusqu'au dernier moment, je me suis montrée presque joyeuse. Mais quel accablement, quel amer retour sur ma destinée ont suivi le regard d'adieu que le mari de Laurence m'a adressé, du seuil de la salle d'attente!

Je le comprends trop maintenant; ce que j'ai pris pour du courage, ce n'était que le désir de me relever dans l'opinion d'Ambroise.

Ambroise!... Aura-t-il une pensée pour moi?...

Malgré la neige, malgré le froid, je veux retourner dès demain à Blaville. Là, du moins, personne ne me verra pleurer!

FIN.

8094. — IMPRIMERIE GÉNÉRALE DE CH. LAHURE

Rue de Fleurus, 9, à Paris